CLODER RIVAS MARTOS
Ilustrações de Marcelo Martins

Querida Minha Filhinha

Coleção Jabuti Vida

1ª edição
2ª tiragem
2010
Conforme a nova ortografia

Editora Saraiva

Editora Saraiva

R. Henrique Schaumann, 270
CEP 05413-010 – Pinheiros – São Paulo-SP
Tel.: PABX (0**11) 3613-3000
Fax: (0**11) 3611-3308
Televendas: (0**11) 3616-3666
Fax Vendas: (0**11) 3611-3268
Atendimento ao Professor:
(11) 3613-3030 Grande São Paulo
0800-0117875 Demais localidades
Endereço Internet: www.editorasaraiva.com.br
E-mail: atendprof.didatico@editorasaraiva.com.br

Revendedores Autorizados

Aracaju: (0**79) 3211-8266/3211-6981/3213-7736
Bauru: (0**14) 3234-5643/3234-7401
Belém: (0**91) 3222-9034/3224-9038/3241-0499
Belo Horizonte: (0**31) 3429-8300/3429-8310
Brasília: (0**61) 3344-2920/3344-2951/3344-1709
Campinas: (0**19) 3243-8004/3243-8259
Campo Grande: (0**67) 3382-3682/3382-0112
Cuiabá: (0**65) 3901-8088/3901-8087/3901-8089
Curitiba: (0**41) 3332-4894
Florianópolis: (0**48) 3244-2748/3248-6796
Fortaleza: (0**85) 3307-2350/3307-2356/3238-1331
Goiânia: (0**62) 3225-2882/3212-2806/3224-3016
Imperatriz: (0**99) 3525-2913
João Pessoa: (0**83) 3241-7085/3222-4803
Londrina: (0**43) 3322-1777
Macapá: (0**96) 3223-0706/3223-0715
Maceió: (0**82) 3221-0825
Manaus: (0**92) 3633-4227/3633-4782
Natal: (0**84) 3611-0627/3211-0790/3222-1158
Porto Alegre: (0**51) 3371-4001/3371-1467/3371-1567
Porto Velho: (0**69) 3223-2383/3221-2915/3221-0019
Recife: (0**81) 3421-4246/3421-4510
Ribeirão Preto: (0**16) 3610-5843/3610-8284
Rio Branco: (0**68) 3224-3125/3224-7094/3224-3432
Rio de Janeiro: (0**21) 2577-9494/2577-8867/2577-9565
Salvador: (0**71) 3381-5854/3381-5895/3381-0959
Santarém: (0**93) 3523-6016/3523-5055
São José do Rio Preto: (0**17) 3227-3819 3227-0982/3227-5249
São José dos Campos: (0**12) 3921-0732
São Luís: (0**98) 3243-0353
Serra: (0**27) 3204-7474/3204-7483
Teresina: (0**86) 3221-3998/3226-1956/3226-1125
Uberlândia: (0**34) 3213-5158/3213-6555/3213-4966

Editor: ROGÉRIO GASTALDO
Assistente editorial: KANDY SGARBI SARAIVA
Secretária editorial: ANDRÉIA PEREIRA
Suplemento de trabalho: ROSANE PAMPLONA
Coordenação de revisão: PEDRO CUNHA JR. E LILIAN SEMENICHIN
Gerência de arte: NAIR DE MEDEIROS BARBOSA
Supervisão de arte: VAGNER CASTRO DOS SANTOS
Finalização de capa: HAMILTON OLIVIERI
Diagramação: WALTER REINOSO

Dados Internacionais de Catalogação na Publicação (CIP)
(Câmara Brasileira do Livro, SP, Brasil)

Martos, Cloder Rivas
Minha querida filhinha / Cloder Rivas Martos ; ilustrações de Marcelo Martins. — São Paulo : Saraiva, 2004. — (Coleção Jabuti)

ISBN 978-85-02-04347-3 (aluno)
ISBN 978-85-02-04348-0 (professor)

1. Literatura infantojuvenil I. Martins, Marcelo. II. Título. III. Série.

00-4017 CDD-028.5

Índices para catálogo sistemático:

1. Literatura infantojuvenil 028.5
2. Literatura juvenil 028.5

Coleção Jabuti Vida

Editora Saraiva

Querida Minha Filhinha

CLODER RIVAS MARTOS

Apreciando a Leitura

Bate-papo inicial

Um pai desconfiado, um namorado desaparecido, roubo de carros, drogas e pessoas suspeitas... Com todos esses fatores, o trabalho da policial Lígia Negrim não podia ser fácil mesmo. Envolvida em uma perigosa investigação para encontrar o namorado da filha de um dos maiores empresários de São Paulo, Lígia terá sua ética profissional confrontada por intimidações e tentativas de suborno. Acompanhe pelas ruas da louca metrópole paulistana essa aventura de tirar o fôlego!

Analisando o texto

1. O doutor Armando Dutra andava desconfiado das intenções do namorado de sua filha, Maurício, e solicitou os serviços de investigação de Lígia Negrim. O que ela descobriu a respeito da vida do rapaz?

R.: ____

____

____

2. Ao voltar de sua viagem aos Estados Unidos, Lígia recebeu uma visita inesperada: a filha de Armando Dutra, Audrey. O que a garota queria com a policial?

R.: ____

____

____

3. Durante suas investigações, Lígia obteve uma informação importantíssima, que revelou a participação dos pais de Audrey no desaparecimento de Maurício. Que informação foi essa?

R.: ____

____

____

4. Utilizando sua astúcia de detetive, Lígia conseguiu descobrir o paradeiro dos dois principais suspeitos de executarem o jovem Maurício. Onde eles estavam? Como ela conseguiu essa informação?

R.: ____

____

____

____

____

5. Além de viver um amor bandido com Audrey, Maurício levava a vida de modo muito irresponsável. Suas irresponsabilidades acabaram por trazer um mal irreparável à vida da garota. O que ele fez a Audrey?

R.: ____

____

____

Linguagem

6. "— Um me guentou com um trezoitão e o outro arrombou o carro. (...) Alembro da moto." — Guardador de carros

"— Um rapaz arto, fortão, que anda de moto? Faiz tempo que não vem." — Porteiro

para o Brasil? Tente responder essas perguntas buscando informações em jornais, revistas, enciclopédias e na Internet. Para enriquecer seu trabalho, apresente seus resultados em um cartaz com textos, mapas, fotos e figuras.

Refletindo

14. Lígia ficava indignada com a fixação das pessoas por notícias ruins. Para ela, o povo adora tragédias, e um jornal que trouxesse só notícias boas seria um fracasso de vendas. Você concorda com ela? Escreva sua opinião e explique por quê.

R.: ______________________________

____

15. Para afastar o estresse da profissão e da cidade grande, Lígia tinha uma receita muito simples, mas que funcionava bem: ela se imaginava correndo entre árvores num parque bem verde e assim esquecia seus problemas. Qual a sua estratégia para relaxar e poder ter uma vida tranquila? Quando você precisa usar essa estratégia?

R.: ______________________________

____

16. "— Mãe, o que a senhora faria se eu me apaixonasse por um bandido?" Em que situação complicada Lígia colocou a mãe dela, não é mesmo? Ponha-se no lugar de dona Cida e tente responder essa delicada questão.

R.: ______________________________

____

17. "— A gente tem que viver, pô! Os de cima não rouba a gente? (...) Neste país quem trabalha só se ferra."
Dona Elaine deu essas declarações, no mínimo polêmicas, ao tentar justificar a vida marginal que seu filho levava. Qual a sua opinião a respeito dessas declarações? Por que será que tantas pessoas pensam como ela?

R.: ______________________________

____

obra-prima da literatura mundial, procure na biblioteca de sua escola ou de sua cidade esse livro que há séculos encanta o mundo. Outra opção interessante é assistir a um dos vários filmes que contam a história desse amor proibido; uma dica são os filmes homônimos dirigidos por Franco Zeffirelli (1968) e Baz Luhrmann (1996, com Leonardo di Caprio).

11. A literatura policial, com seus crimes intrigantes e detetives que dão tratos à bola para decifrá-los, é bastante apreciada por leitores do mundo todo. Alguns autores e seus personagens tornaram-se clássicos e servem de referência para outros autores. Arthur Conan Doyle e o inspetor Sherlock Holmes, Agatha Christie e seus detetives Miss Marple e Hercule Poirot e Ian Flemming, criador do agente 007, James Bond, estão entre os mais famosos desses escritores. Você pode conhecer esses personagens lendo suas obras (que você pode encontrar na biblioteca de sua escola ou de sua cidade) ou assistindo aos diversos filmes baseados em seus livros. Alguns filmes recomendados são *007 contra o satânico Dr. No* (Terence Young, 1962), o primeiro filme do agente 007, e *Morte sobre o Nilo* (John Guillermin, 1978), em que Hercule Poirot entra em ação.

Pesquisando

12. No Brasil, muitos lugares têm nomes de origem tupi. Isso acontece porque os bandeirantes levavam sempre, como guias, índios que falavam esse idioma. Por essa razão, mesmo em regiões em que não existiam índios tupis, os lugares ou acidentes geográficos foram batizados em tupi. No livro, há muitos exemplos disso: Porecatu, Tatuapé, Aricanduva, Arataca, Itabuna, Tietê, Piqueri... Esses nomes — chamados topônimos — podem fazer referência aos animais e plantas que habitavam a região, às características do lugar etc. Procure, em sua cidade, outros exemplos de topônimos que tenham origem indígena e tente descobrir o que eles significam.

13. Em seu trabalho, Lígia via chegar ao Brasil pessoas de todos os lugares do mundo: turistas, especialistas, empresários... O fluxo de estrangeiros no aeroporto havia aumentado muito nos últimos tempos por causa da globalização.

A globalização é um assunto muito discutido nos dias atuais, e você provavelmente já ouviu ou leu alguma coisa a respeito. Mas o que ela significa? Que mudanças ela provocou no mundo? Ela é boa ou ruim

"— Negativo, faz tempo que não tem ocorrência." — Segurança

Os trechos acima mostram registros de falas diferentes do registro formal. O registro de fala, isto é, o modo como cada um se expressa, pode revelar sua classe social, seu grau de instrução, sua região de origem ou mesmo sua idade e profissão.

Imagine que um repórter, depois do esclarecimento do caso de Maurício, tenha entrevistado uma das personagens acima. Escreva a entrevista, mantendo nas respostas o mesmo registro de fala da personagem escolhida.

Criando

7. "Havia tão pouco tempo ela, Lígia, fora uma daquelas meninas da turma. Os amigos pareciam, na época, tão importantes... Agora viam-se tão pouco!"

Os anos se passaram e Lígia sentia que suas amizades estavam cada vez mais distantes. Você já parou para imaginar o que seus amigos estarão fazendo daqui a dez anos? Como você fará para manter contato com eles? Use sua criatividade e escreva uma redação sobre o futuro de seus melhores amigos. Mãos à obra!

8. As aventuras de Lígia, com assassinatos, ações policiais e prisões renderam muitas manchetes e notícias aos jornais. Você pode encontrar muitos exemplos disso em seu livro e notar que os textos jornalísticos têm uma estrutura definida. Procure se lembrar de um acontecimento interessante de sua escola ou de seu bairro e escreva uma notícia a respeito, mantendo uma característica básica dos textos jornalísticos: informar bem o leitor de maneira objetiva, independentemente da opinião do jornalista.

9. Depois de ter solucionado o desaparecimento de Maurício, Lígia recebeu das mãos de dona Edna uma carta emocionada de Audrey. Nesta carta, a garota agradecia de coração a ajuda da policial e tentava de alguma forma justificar as atitudes de sua mãe e dela própria. Faça um exercício de imaginação e coloque-se no lugar de Lígia Negrim: escreva uma carta e retribua a gentileza de Audrey.

Ampliando

10. "— Veja, não sou Montéquio nem Capuleto, nem acho que minha filha seja Julieta."

Ao expor o caso a Lígia, Armando Dutra refere-se à sua família fazendo uma alusão às clássicas personagens do romance *Romeu e Julieta*, de William Shakespeare. Se você ainda não conhece essa

■ Trabalho interdisciplinar

18. Os péssimos hábitos e a vida irresponsável de Maurício acabaram causando um grande mal na vida de Audrey: por não praticarem sexo seguro, ela acabou sendo contaminada pelo vírus HIV, o vírus da AIDS. Essa doença é transmitida, principalmente, por meio de relações sexuais e seringas contaminadas, e também de mãe para filho. Milhões de pessoas por ano contraem essa doença no mundo todo, dezenas de milhares só aqui no Brasil, e as campanhas de prevenção ainda são a maior ferramenta para tentar barrar seu avanço. Com seu professor de Ciências e visitando o *site* www.aids.gov.br, procure saber mais sobre a AIDS: suas origens, consequências e modos de prevenção. Saiba também por que o Brasil tem ganhado prêmios e elogios na sua luta contra essa doença. Elabore painéis e cartazes com textos, figuras e desenhos e espalhe pela sua escola; seu professor de Artes pode ser de grande ajuda na atividade. Informe, previna, desperte a atenção de todos a um dos maiores problemas de nosso tempo e colabore na construção de um mundo mais saudável.

Para qualquer comunicação sobre a obra, escreva:
Editora Saraiva
Editorial Paradidático e de Interesse Geral
R. Henrique Schaumann, 270
CEP 05413-909 São Paulo – SP
e-mail: paradidatico@editorasaraiva.com.br

Escola: ______________________________

Nome: ______________________________

____

Ano: ______________ Número: ______________

Ao Lirialdo, que trazia livros.

Agradecimento especial à Sirlene, por transformar o manuscrito em arquivo digital.

Esta história apareceu na mente do autor em uma noite de insônia, portanto, é uma obra de ficção. Qualquer relação com a realidade seria uma triste coincidência.

1

O possante elevador levou alguns instantes para depositar Lígia no décimo sétimo andar. Apareceu uma porta de vidro. A moça logo viu a recepção luxuosa. A bela recepcionista ajudava a decoração da sala. Vidro e madeira, sofás de couro cheiroso. Computador e telefone em tons marfim.

— Pois não?

— Oi, o doutor Armando Dutra?

— Quem devo anunciar?

— Lígia Negrim.

A bela recepcionista consultou o telefone e indicou:

— No fim do corredor, à esquerda.

Do corredor, Lígia via grandes salas onde pessoas trabalhavam em computadores ou falavam ao telefone.

— Boa tarde, meu nome é Lígia.

— Boa tarde, o doutor Armando está ao telefone, mas já vai atendê-la. Sente-se, por favor. Fique à vontade.

A moça preferiu a janela. O céu escuro prometia chuva que casas e prédios sujos de poluição esperavam. Lá embaixo, carros parados, pessoas cruzando as calçadas, motos velozes passavam entre o tráfego. Algumas poucas árvores pareciam manchas verdes sobre os passeios.

— Vamos entrar, dona Lígia. Como está?

O homem apertou fracamente a mão da moça. Baixinho, com um início de barriga que a camisa de linho cobria, Armando Dutra não parecia o poderoso construtor do edifício onde estavam. Lígia olhou-o bem nos olhos, mas ele desviou o olhar.

— Vamos sentar aqui — disse, apontando um imenso sofá de couro onde o peso de Lígia provocou um suspiro.

O sofá cheirava a couro novo e era macio; a falsa brisa do ar-condicionado refrescava os pulmões da moça. Armando Dutra também cheirava bem.

— Você aceita café, água?

— Dona Diva, traga água e café. Não estou para ninguém — e, dirigindo-se à policial: — Posso chamá-la de Lígia? Tenho ouvido maravilhas a seu respeito. O doutor Munhoz e dona Olívia Machado me falaram muito bem de você.

— Obrigada, são pessoas gentis.

— É verdade, o nosso corretor de seguros diz que você é ótima policial e uma pessoa honestíssima.

— O Zé é meu amigo.

— Além disso, você sabe que o Tatuapé é como uma cidade pequena. Corre um boato de que você resolveu o caso de Antônio Machado.

Lígia se ajeitou no sofá; elogios a incomodavam, principalmente vindos de um desconhecido. A secretária trouxe água e café numa bandeja de prata com a toalhinha branca, e o homem continuou:

— Por isso eu queria seu auxílio para resolver um probleminha de família...

"Chifres", pensou Lígia. "Mais um marido que trabalha demais e ama de menos."

— Não é um problema sério nem coisa grave; outra pessoa nem se preocuparia, mas sou assim.

"Fale logo, chifrudo", pensou Lígia. "Assuma logo."

— Eu tenho uma filha do meu segundo casamento, uma filha adolescente. É uma boa menina, mas com essa vida maluca de empresário, tenho dedicado pouco tempo à família, principalmente a ela. Não percebi que ela cres-

ceu, para mim ainda é uma criança, tem dezesseis anos.

"Será que ele pensa que sou babá?", perguntou-se a policial.

Armando apontou para um retrato sobre a mesa de mármore:

— Esta é minha filha Audrey. Estou preocupado com ela.

"*Carnabis saativa**", imaginou silenciosamente Lígia.

— Minha filha está namorando.

— Doutor, não estou entendendo. Nada mais normal aos dezesseis anos do que namorar.

— Você deve estar pensando que sou um troglodita, o homem das cavernas.

— Imagine, doutor, a gente sempre supõe casos mais sérios quando chamam nossos serviços.

— Veja, não sou Montéquio nem Capuleto, nem acho que minha filha seja Julieta. Aliás, nem quero influenciar a escolha da menina...

— Doutor Armando, não estou entendendo.

— Serei franco: eu não conheço direito esse rapaz. Não sei quem é, de que família vem, enfim, se é bom pra minha filha. Quero que você levante informações sobre esse sujeito. Quero saber tudo.

— Compreendo, doutor Armando.

"Meu Deus do céu, em pleno século XXI um homem quer investigar o futuro genro, e pede isso pra mim, Lígia Negrim! E o pior é que vou aceitar o caso pra fazer uma grana pra viajar nas férias", pensou a moça.

— Veja bem, minha filha é menor, tem dezesseis anos e estuda no Colégio Einstein. Há algum tempo ela namora um tal de Maurício; eu até conheço o rapaz, tive uma boa impressão dele, frequenta minha casa, tudo. Mas

---

* Nome científico da maconha.

sabe, ele usa brinco, senta de pernas abertas, adormece no sofá, fala palavrões na minha frente. Julgo o comportamento dele estranho. No meu tempo não era assim. Gostaria de saber quem é esse moço, o que faz, onde trabalha, quais são seus amigos etc...

— Certo, doutor Armando, já entendi.

— Veja, Lígia, para alugar um apartamento, nós tiramos informações sobre o inquilino e o fiador, levantamos a ficha cadastral dos dois. Como entregar uma filha a um desconhecido? Amo essa menina. Ela é um dos meus maiores investimentos sentimentais, falando em termos econômicos.

A jovem policial concordou com um gesto. Nem chegava a ser um caso, de tão fácil. Devia ser um moleque como tantos outros, sentava de pernas abertas, ouvia *rock* alto e dizia palavrão para adjetivar tudo. O doutor Armando, muito inseguro, se assustava. Via no moleque um delinquente juvenil. Se Armando tivesse a idade do genro, iria se comportar da mesma forma.

— O garoto usa drogas, doutor?

— Espero que não, e não é bem um garoto, já tem vinte e um anos.

— Trabalha, estuda?

— Acho que trabalha com carros. Não sei bem onde. Evito conversar com a Audrey sobre o assunto. Fico pouco em casa, o rapaz é muito educado comigo e com a minha mulher, apesar da linguagem pouco elegante.

Com um gesto, Armando apontou outra fotografia. Uma bela mulher loira, de meia-idade e um sorriso de mil dentes que brilhavam mais que as joias dela.

— Doutor, o senhor só tem uma filha?

— Não, tenho também outros dois, já moços, do meu primeiro casamento, e também um menino do atual.

Mas esses não me preocupam, trabalham comigo na empresa. Muito bem, dona Lígia, a senhora aceita o caso?

Lígia queria, mas não podia rir. Aquilo não era caso de polícia — qualquer criança resolveria —, mas ela precisava de dinheiro. As férias estavam aí e ela estava louca para conhecer Nova York.

Por uma boa grana, Lígia aceitaria seguir o rapaz por algum tempo e elaborar um relatório.

— Bem, doutor, trabalho sob certas condições.

— Quais?

— Como o senhor sabe, dou plantão no aeroporto de Cumbica; logo, não posso trabalhar no seu caso todo dia. Além disso, nada farei fora da lei. Quero fazer carreira na Polícia Federal, ser delegada. Seguirei o rapaz e farei um relatório. Gostaria também que ninguém soubesse do meu trabalho.

— Sem problemas, não tenho tanta pressa e também sou a favor da lei.

— Preciso partir de informações verdadeiras para garantir bons resultados. O trabalho é apenas esse, investigar o namorado da sua filha?

— Lígia, eu não menti nem ocultei nenhuma verdade. O ponto é esse: quero saber com quem anda minha filha. Só. Ponto final.

— Certo, doutor. E, finalmente, o preço: cobro duzentos reais por dia de trabalho, além das despesas.

— Não vejo problema.

Armando foi até a imensa escrivaninha entalhada e abriu uma gaveta.

— Conte, por favor, são por sete dias de trabalho.

Enquanto contava, Lígia se imaginava em Nova York, andando no Central Park, envolta por uma leve brisa a caminho do zoológico, como em um velho filme.

— Certo, doutor.

Armando não voltou a sentar, mas Lígia foi logo sacando sua agenda da bolsa.

— Doutor, preciso de algumas informações: nome, endereço, telefone etc. Se possível, fotografias do rapaz... E também da sua filha. Depois devolvo. Pediria ao senhor sigilo absoluto. Atrapalharia as investigações. Sua esposa sabe?

— Não; e fique tranquila, eu também quero segredo. O caso é, francamente, desagradável. Não me sinto à vontade espionando meu possível futuro genro, porém, julgo necessário.

Alguns minutos depois, esperando pelo elevador, Lígia pensava: "Você está ficando sem-vergonha, moça; isso é feio. Você devia ter encaminhado o homem a um bom psicólogo. Ele precisa aceitar que a filha cresceu, virou mulher, gosta de um outro homem, vai se afastar do pai, formar uma família, viver a vida dela. Em vez disso, você alimenta a 'neura' do cara para levantar uma grana e viajar. Bom, todo mundo explora todo mundo, e o cara está cheio da nota, enquanto a agente Lígia...".

A policial embarcou no elevador deixando a secretária, dona Diva, preocupada: quem seria aquela linda morena que se trancara com o doutor Armando por quase meia hora? Dona Diva, depois de vinte e dois anos trabalhando na empresa, sentia certo ciúme de quem se aproximava do chefe.

Lígia era uma morena jambo muito bonita. Magra, de pernas longas e fortes e cintura fina. Dona Diva sentiu uma inveja daquela jovem mulher de voz firme e passos decididos. Ela conhecia aquela moça de algum lugar. Seria alguma modelo? A voz do chefe a devolveu à realidade:

— Dona Diva, a pasta do Guernica, por favor.

A secretária, como sempre, obedeceu.

Na saída, Lígia passou pela catraca acionada pelo

crachá e saiu para o saguão. Era um pouco estranho o pai investigar o namorado da filha e mais estranho ainda era ela, Lígia, aceitar tal tarefa; afinal, ela sempre fora a favor do amor e da liberdade.

Resolveu comprar mais alguns dólares com o dinheiro recebido de Armando Dutra. Nova York é uma cidade cara.

Havia uma casa de câmbio no saguão do edifício e Lígia aproveitou a ocasião. Feito o negócio, comprou um suco de laranja e sentou-se. A praça de alimentação estava cheia de jovens. Meninas de calças de cintura baixa e blusas curtas exibiam a barriga, certamente para atrair o olhar dos meninos.

No fim de tarde, os jovens dominavam o espaço, rindo, brincando, falando. Pareciam tão felizes... Havia tão pouco tempo ela, Lígia, fora uma daquelas meninas da turma. Os amigos pareciam, na época, tão importantes... Agora viam-se tão pouco! A Van casara e tivera gêmeos; a Sara sumira; e o James morrera estupidamente num desastre de moto.

Um pouco triste, Lígia acabou o suco e foi para casa.

2

Lígia pingou três ou quatro gotas de azeite de oliva na frigideira, espalhou o líquido e quebrou um ovo. Adorava pão e ovo frito de manhã acompanhando o café com leite.

Eram dez horas e trinta minutos e a agente federal fazia a primeira refeição do dia. O som do telefone a assustou.

— Alô, sim, doutor Armando, às oito horas? Estarei lá, um abraço.

O telefonema não incomodou o prazer da refeição. Comeu uma fatia de mamão e, cheia de preguiça, abriu o jornal.

Assaltos, roubos, mortes, crises. Deviam votar uma lei obrigando os jornais a publicarem também notícias boas. "Aumenta o roubo de carros próximos ao Metrô Tatuapé." Se ela fosse jornalista, divulgaria notícias diferentes: "Há um beija-flor no jardim de Lígia Negrim" ou "Como é gostoso dormir pela manhã". Mas ninguém leria o jornal dela. O povo adora tragédia.

A moça estava de folga e procurou um filme no *shopping* do Metrô. Resolveu assistir a *Amores Possíveis*. "Afinal", pensou, "todos os amores são possíveis desde que exista amor".

Lembrou então de Audrey e Maurício. A última coisa que ela queria era atrapalhar o amor dos outros. Aceitara investigar Maurício pela necessidade da grana, queria conhecer Nova York, mas torcia muito para descobrir que ele era um ótimo rapaz, digno do amor de Audrey e do respeito do sogrão Armando Dutra, que lhe daria um lugar na diretoria da empresa.

Aliás — que figura! —, ao mesmo tempo que investigava a vida da filha sem a menor vergonha ou remorso, Armando deu-lhe um carro e deixava a menina dirigir sem carta, além de lhe fornecer uma vasta mesada.

Talvez fosse mais interessante investigar a vida dele, mas não era assim. O homem pagava bem e ela aceitara o serviço. Armando já colocara o rastreador no carro da menina, e às oito da noite Lígia abriria a primeira página deste livro, seguindo o casal.

Enquanto isso, estava de folga. Convidou a mãe para almoçar fora com direito a cinema depois. Dona Cida precisava passar roupa, tinha tanta coisa para fazer. Lígia insistiu, e dona Cida aceitou só o cinema — "preciso fazer a janta do seu irmão". Dona Cida nunca tinha tempo para se divertir e tratava o filho como se ele tivesse oito anos e fosse incapaz de preparar o próprio lanche.

Lígia deixou o carro no estacionamento do *shopping*; roubavam muito carro naquelas ruas próximas. Dona Cida adorou o filme.

Pouco depois das dezenove e trinta, Lígia já estava esperando o casal próximo à saída do imenso prédio residencial da família Dutra. Eram vinte andares de concreto aparente e vidro. Armando reservara a cobertura para instalar a família, assim pensava Lígia; podiam olhar o mundo de cima.

Lígia estacionou a moto diante de uma casa vazia — aluga-se para fins comerciais — e esperou.

Lígia estava irreconhecível de casaco negro de couro, *jeans*, capacete e botas.

O casal saiu de carro e o rastreador se mexeu. Lígia deixou-lhe uma vantagem e foi atrás.

A agente logo percebeu que o motorista andava rápido e fazia manobras arriscadas. Entrou pela Avenida Salim Farah Maluf costurando os outros carros, fez uma conversão proibida à esquerda e subiu a Rua Padre Adelino, até virar à esquerda e entrar numa viela que levava ao velório do cemitério da Quarta Parada, onde Maurício estacionou. O casal deixou o carro; passaram pelo velório iluminado e entraram pelas ruas escuras do cemitério.

Espantada, Lígia seguiu-os a distância segura e escondeu-se atrás de um túmulo quando o casal parou, trocando beijos apaixonados. Logo se amavam com fúria, e Lígia, que sempre respeitava o amor, se afastou e foi esperar por eles no velório.

"Como eu vou contar esse lance a um pai com a cabeça de Armando Dutra? 'Escute aqui, doutor, sua filhinha usa o cemitério como motel.' O sujeito teria um infarto! Eu não deveria aceitar tal caso. Se correr tudo bem, esqueço essa página do relatório. Não gosto de bisbilhotar gente inocente. É a última vez que aceito um caso assim."

Lígia foi tomar um chocolate no bar ao lado do velório e encontrou um conhecido. Ficou conversando. Sérgio estudara com ela, por isso trocaram recordações e telefones. O ex-colega se surpreendeu: "Você, na Polícia Federal?!".

Uma hora depois, o casal apareceu. Lígia despediu-se do amigo e seguiu-os até um bar, onde Maurício e Audrey se juntaram a um grupo de jovens.

A policial estacionou a moto e sentou-se a uma mesa próxima. Pediu um churrasco com queijo e um suco. Na mesa ao lado, os jovens bebiam cerveja e fumavam.

Lígia odiava cigarro. Seu Antônio, o pai dela, morrera vítima do fumo, numa longa e dolorosa agonia. Por isso, quando via jovens fumando, o coração da moça se apertava.

Audrey fumava e bebia. Maurício, de pernas bem abertas, falava alto a respeito de carros e turbos.

O garçom trouxe o lanche de Lígia. Estava gostoso. Os meninos comiam porções de queijo e salame. Lígia ignorou os olhares gulosos do galã de plantão. Estava preocupada com o relatório ao doutor Armando.

Os meninos pediram a conta e Audrey pagou a parte dela e de Maurício. Lígia deu um tempo e conferiu a despedida do casal na porta do prédio. Audrey ficou e o rapaz saiu de moto. A policial, então, resolveu voltar para casa. Seria difícil seguir a moto de Maurício pelas ruas frias e desertas, sem rastreador.

Sentiu dificuldade em adormecer. Nessas ocasiões, Lígia pensava que corria entre árvores num parque bem verde, e se acalmava. Estava arrependida de trabalhar no caso, mas agora não adiantava desistir. A história ficava cada vez mais estranha. Namorar no cemitério?! Mortos não atacam ninguém, mas o cemitério da Quarta Parada, mais conhecido como cemitério do Brás, era um lugar sujo e feio, onde viviam grandes ratazanas e jaziam milhares de cadáveres. Bah!, nada melhor do que uma cama macia e com lençóis de seda. Cada coisa que a gente vê!

O suco levou a policial ao banheiro mais uma vez antes que ela adormecesse. Para relaxar, pensou de novo na corrida. Vencia num trote gostoso a subida do Parque do Piqueri. Adormeceu.

3

"Esses caras me matam." A oitenta por hora, Lígia passava entre as fileiras de carros que corriam pela Radial Leste rumo à cidade. Buzinava com desespero e seguia loucamente Maurício e um amigo que pilotava com displicência, em alta velocidade, na faixa estreita entre os carros. "Graças a Deus", murmurou a agente, quando os dois malucos finalmente pararam a moto no farol da avenida para cruzá-la, entrando à esquerda na Rua Serra do Japi. A moça suava, e o coração batia depressa.

Lígia, de capacete e blusão, parecia mais um *motoboy* do enxame que cortava a cidade. Parou também e esperou o farol abrir.

Os rapazes saíram muito rápido, fazendo barulho.

Lígia viu-os dobrarem à direita. "Vão ao Metrô", pensou; mas eles subiram e pararam na Rua Jarinu. Por ser próxima ao Metrô, a rua estava sempre ocupada por carros estacionados, cujos donos evitavam o custo dos estacionamentos particulares. A Jarinu ainda era uma rua tranquila, com alguns escritórios e nenhuma loja. Lígia avançou mais uma rua, virou à direita, parou a moto e desceu. Da esquina, observou a cena: o amigo de Maurício, ainda na moto, conversava com o guardador de carros enquanto Maurício abria a porta de um dos veículos estacionados. Demorou um pouco para ligar o motor e sair. O amigo disse alguma coisa para o guardador de carros e foi atrás. O guardador saiu correndo para o orelhão da esquina. Só então Lígia entendeu o real sentido da cena a que assistira: Maurício roubara o carro branco na frente dela, enquanto o amigo, certamente armado, continha o guardador. Os rapazes agiram tão naturalmente que ela demorara a perceber o roubo.

O primeiro impulso da policial foi seguir o namorado de Audrey e prendê-lo; porém, depois de pensar um pouco, não se moveu. Por estar atordoada, sentiu uma vontade irresistível de ir ao banheiro.

Por sorte, estava na Rua Fernão Tavares; velhos amigos viviam ali. Levou a moto até a casa da Wanda, amiga de infância da dona Cida.

Wanda não estava, mas a empregada conhecia Lígia e deixou-a entrar e guardar a moto. A moça, desesperada, correu até o banheiro. Cinco minutos depois, quando voltou à sala, já encontrou Wanda, que lhe ofereceu um café. Ela aceitou com um sorriso. Conversaram um pouco, Wanda falou dos filhos, "os meninos"; na verdade, dois rapagões de um metro e noventa a caminho dos trinta anos, mas para a mãe, "meninos". "Para as mães os filhos nunca crescem", pensou Lígia.

Irene, a empregada, trouxe o café e um pedaço de bolo de cenoura. Lígia serviu-se pensando em mães e pais, meninos e meninas e nas escolhas que as pessoas faziam.

Conversou mais um pouco e saiu, desculpando-se pelo motivo da visita. Wanda riu muito:

— Venha uma tarde com sua mãe.

Na esquina, Lígia aproximou-se do guardador de carros:

— Tudo bem, Ceará? Roubaram o carro branco?

— Foi. Um me *guentou* com um *trezoitão* e o outro arrombou o carro.

— Você os conhece?

— *Alembro* da moto. Já roubaram toca-CDs, aqui mesmo. Esses dois *é* da pesada, moça.

Triste com suas descobertas, Lígia foi para casa pensando nas consequências: pobre menina, apaixonada por um bandido! O que faria Armando Dutra ao saber que o namorado da filha roubava carros e acessórios? E a menina?

"Nunca mais pego caso de família. Não tenho estrutura para aguentar tantas emoções. Meu negócio é prender bandidos, assassinos e corruptos, pronto", falava Lígia com seus botões.

Em casa, para esquecer as preocupações, a policial tomou um longo banho. Depois, trocou o secador pelo telefone. O trabalho a incomodava e queria livrar-se logo dele.

— Por favor, o doutor Armando.

— Pois não, quem deseja?

— Lígia.

— Lígia de onde?

— Da escola da filha dele. Sou a professora de Português dela.

— Um momento, por favor.

— Alô?

— Oi, doutor Armando, tudo bem? Sua secretária é uma graça. Já tenho as informações que o senhor me pediu. Devo fazer um relatório escrito? Bom, passo sim, às duas e meia. Tudo bem, sei sim.

Dona Cida preparara o prato básico do brasileiro: feijão, arroz, bife e salada. Estava gostoso, porém Lígia mal tocou na comida.

A mãe e o irmão acharam que ela estava preocupada. Era verdade. Buscava uma fórmula para informar o cliente sem chocá-lo muito. Decidiu que a noite de amor no cemitério não entraria no relatório, afinal Armando Dutra pagara por informações sobre o comportamento de Maurício. Não precisava saber dos detalhes da vida amorosa da filha nem dos cenários escolhidos por ela para amar o namorado. Na idade dele era capaz de infartar.

— Filha, o que você tem?

— Nada, mãe, apenas penso na vida.

— Mãe, deve ser um novo amor.

— Não me tira do sério, irmãozinho — respondeu Lígia, continuando uma briga de quinze anos.

Levantou-se bufando da mesa, passou pelo banheiro e saiu. Caminhou até as proximidades da Praça Silvio Romero onde a Construtora Dutra erguia mais um empreendimento: Edifício Granada.

Lígia identificou-se na portaria da obra e entrou.

Logo viu um buraco gigantesco no qual certamente caberiam uns cem caminhões de terra. Dentro do imenso buraco, homens e máquinas barulhentas trabalhavam. Um ruído forte e contínuo feria os ouvidos da moça. Homens de botas e capacetes olhavam para a policial, sem dúvida o ponto mais bonito daquele espaço. Armando Dutra destacou-se de um grupo de homens bem-vestidos e se aproximou de Lígia:

— Como vai, Lígia, tudo bem?

— Bem, obrigada.

— Gosto de ir direto ao assunto. O que você descobriu?

— Bom, doutor Armando, segui Maurício e...

— Sou um homem ocupado, Lígia, o que você descobriu?

— Está bem! Descobri que o Maurício rouba carros e toca-CDs junto com um amigo.

Armando fez uma expressão de quem diz: "eu já sabia, pensa que sou bobo, bem que eu desconfiava".

— Tudo bem, Lígia, seu trabalho está encerrado. Agradeço muito sua colaboração. Naturalmente essas informações ficam entre nós. Você já recebeu seu pagamento. Muito obrigado. Até logo.

Armando Dutra virou as costas e voltou para o grupo de homens bem-vestidos, deixando Lígia sem ação, parada, olhando aquele buraco enorme. Depois ela também saiu andando, louca de vontade de dar um chute no traseiro do doutor Armando Dutra, embora o empresário fosse, às vezes, um homem gentil.

Aproveitou para passar na agência de turismo para apanhar a passagem, o roteiro e a sacola. Na semana seguinte Lígia estaria em Nova York. Era a primeira vez que viajaria para os Estados Unidos. Sentia comichão na coluna quando se imaginava conhecendo um novo país, novos costumes e, quem sabe, até um novo amor. Um loirão de dois metros que não fosse bandido fazia direitinho o gênero dela, se tivesse os olhos azuis.

4

Quando o avião decolou de Cumbica, Lígia esqueceu o Tatuapé com seus pais ciumentos, os roubos de automóveis, as meninas frágeis e ricas, a Polícia Federal. Também deixou na pista a depressão de dona Cida e tratou de aproveitar a viagem. Tomou vinho branco e jantou um pedacinho de filé com arroz à grega e legumes. Razoável. Assistiu a um filme e dormiu na poltrona apertada da classe econômica.

Sueli a despertou para o café da manhã. Depois de uma visita ao banheiro, uma Lígia entusiasmada ficou torcendo para chegar logo ao seu destino. Parecia que o gigantesco quadrimotor estava parado no ar. O painel da cabine indicava a velocidade de oitocentos e oitenta quilômetros por hora. A cabine estava cheia e havia filas para utilizar os banheiros. Os comissários serviam o café da manhã: leite e café em pó, pão, manteiga, uma salada de frutas.

Ao final da refeição, os pilotos reverteram as turbinas, e o gigantesco aparelho diminuiu pouco a pouco a velocidade.

Quando finalmente o avião pousou e percorreu a pista por vinte minutos, encostou no túnel e a moça saltou da poltrona:

— Vamos, Sueli, não quero perder um segundo. Nova York nos espera!

Mas o aparelho estava cheio: homens de terno, adolescentes inquietos, mulheres de meia-idade (— Tudo sacoleira, Sueli!), jovens casais... E toda esta gente ficava na frente de Lígia, no corredor do avião, nos longos túneis do aeroporto, na imigração, na alfândega, na retirada de bagagens; até que quase três horas depois as duas moças avistaram, já no saguão, no meio da multidão que ocupava a área de desembarque, um senhor alto com uma placa — Sueli e Lígia — e que se apresentou como Rodolfo, o encarregado de levá-las ao hotel. Os outros viajantes já estavam lá, e o grupo atravessou o saguão do Aeroporto Kennedy rumo ao estacionamento onde, guardadas as malas, embarcaram numa van branca.

Lígia crescera vendo filmes americanos, seriados de

televisão em que as ruas de Nova York serviam de cenário. Agora estava lá, era personagem da grande cidade e, encantada, olhava ruas, carros e edifícios com olhos de criança.

A van rumava por uma via expressa para uma massa imensa de prédios. Todos os carros mantinham a mesma velocidade e ninguém desrespeitava as regras de trânsito. Nenhum carro "costurava".

Quando entraram na cidade, a van enfrentou tráfego pesado e espera em semáforos enquanto Lígia, meio criança, olhava para o alto, muito alto, para os edifícios que tocavam o céu. Tudo cimento e vidro. Nas calçadas, milhares de pessoas se cruzavam, ciclistas muito loucos passavam rápido na contramão do fluxo constante de veículos. Pela calçada passavam homens de terno escuro, negros gigantescos, mulheres gordas, judeus com seus chapéus típicos, hindus de barba, chineses e japoneses.

— Sueli, esta cidade é um mundo — disse Lígia.

Depois de passar uma grande ponte (— Lembra daquele filme, Su?), chegaram ao hotel na Avenida Lexington.

Descarregadas as malas pelos funcionários do hotel, Lígia e Sueli dirigiram-se para a recepção, onde um rapaz visivelmente latino-americano as atendeu. Entregaram os *vouchers* e os passaportes. O rapaz verificou no computador:

— Senhoritas Negrim e Junqueira, apartamento 1603, naquele elevador do fundo, por favor, obrigado.

Ao chegar ao quarto, Lígia comentou, alarmada:

— Mas é o terceiro mundo outra vez! Meu quarto é muito melhor!

Era um quartinho pequeno com duas camas e uma televisão de vinte polegadas sobre uma base na parede; um armário, uma mesa e duas cadeiras. A janela exibia apenas um imenso edifício cinzento com persianas nas janelas.

— Bom, a gente não veio aqui para ficar no hotel.

— É verdade, Sueli, tomaremos um banho e pularemos de cabeça na cidade.

— Calma, Lígia, eu vou esperar um telefonema do Brad Pitt.

— Ah, Su e suas piadas...

Dito e feito: logo caminhavam pelas ruas da ilha de Manhattan rumo à Broadway, região dos teatros, cinemas, bares e restaurantes. Fazia calor, e muitas pessoas bebiam e comiam nas ruas.

— Nossa, como tem gente gorda! — observou Sueli.

Olhando em volta, Lígia viu várias pessoas imensas, com mais de cem quilos.

A moça queria ver tudo, mas tudo mesmo. Observou o policiamento — três guardas em cada esquina —, as vitrines (— Haja dinheiro, Su!), os teatros: *O Fantasma da Ópera*, *Os Miseráveis*. Entraram numa loja de discos.

— Mas tem todos! — espantou-se Lígia.

Dona Amélia, mãe de Sueli, encomendara uma gravação antiga de *Stardust* cantada por Pat Boone, melodia que ela dançara com o marido. O atendente consultou o computador e trouxe uma coletânea. Lá estava Pat Boone cantando *Stardust*. Pronto, dona Amélia ficaria feliz. Lígia comprou dois CDs do U2.

Depois entraram numa grande loja de artigos femininos e mergulharam no mundo dos cremes, dos perfumes, das camisolas, das *lingeries*. No início, calculavam o preço em dinheiro brasileiro, depois, se entregaram às ofertas. Levaram muitos cremes e roupas íntimas, e Lígia comprou um robe de seda preta chinesa, "uma gracinha", só doze dólares.

Da 5ª Avenida voltaram ao hotel para deixar os

pacotes. Na ponta do saguão havia um bar muito bonito com um balcão de madeira marrom, uma barra dourada e mesas pequenas com cadeiras estofadas onde Lígia e Sueli se acomodaram para tomar um suco.

— Su, você reparou como ninguém olha pra gente nesta cidade?

— É verdade, Lígia, parece que o olhar das pessoas passa pela gente sem ver. Dá uma sensação de solidão!

— Falando em solidão, tem uma mulher bebendo, sozinha, atrás de você, o olhar distante e triste. Parece cena de filme. Mulher abandonada no bar.

— Lígia, coragem, vamos sair e comer alguma coisa. Aqui é muito caro.

Tinham visto, próximo ao hotel, uma cafeteria e foram até lá. Descendo as escadas já era possível sentir um delicioso perfume de açúcar queimado e chocolate. Pediram ao atendente, seguramente um jamaicano, duas jarras de chocolate e *cookies* variados. No fim da tarde, quase todas as mesas estavam ocupadas.

Os biscoitos chegaram quentes à mesa. Eram amanteigados e se dissolviam na boca numa doce explosão de açúcar e chocolate. Sem a menor educação, a língua ficava procurando os pedaços grudados nos dentes. Que delícia!

Em uma mesa próxima, duas mulheres morenas e uma menina falavam português com sotaque nordestino.

— Su, não olhe agora, mas eu conheço aquela mulher.

— Também conheço, só não sei de onde...

Sentindo-se reconhecida, uma das mulheres sorriu:

— São brasileiras?

Ouvindo a resposta afirmativa, a mulher se apresentou:

— Sou a deputada federal Salete Silva, do Ceará.

— Muito prazer, deputada — disseram Lígia e Sueli.

— Nós somos policiais federais e estamos passeando em Nova York.

Esperta, já com o intuito de se autopromover, a deputada explicou que estava na cidade para participar do Congresso Internacional em Defesa da Mulher.

Muitas moças pobres viajavam para a Europa e Estados Unidos e acabavam na prostituição, exploradas e escravizadas por bandidos. Elas imaginavam enriquecer e muitas acabavam adoecendo ou morrendo nas garras dessas máfias malditas.

Lígia contou que prendera um espanhol que levava mulheres para a Europa.

A deputada chamou a filha, menina ainda, e a amiga para continuarem conversando. Lígia e Sueli deram algumas sugestões para proteger as moças brasileiras desses bandidos. Na despedida, meia hora depois, informaram endereços e prometeram trocar cartas.

— Você reparou, Sueli — disse Lígia tristemente —, como é difícil ser mulher? Essas quadrilhas levam essas pobres moças para outros países e as exploram. Muitas são até assassinadas. Bom, vamos sair daqui.

De volta às ruas, as duas moças concordaram: estavam mortas de cansaço (— Dormimos mal no avião, trocamos de fuso horário e andamos o dia inteiro. Amanhã será outro dia). Assim, subiram a Avenida Lexington e foram para o hotel.

Fazia calor, e Lígia tomou um banho frio — como nos tempos da Academia. Enquanto a amiga estava no banheiro, Lígia passou um creme hidratante dos comprados ali e vestiu um pijama de seda, "presente de Armando Dutra". A sensação de relaxar os músculos na cama macia era deliciosa. Antes de adormecer, Lígia revia uma cena agradável. Ela corria no Parque do Piqueri entre as árvores, uma brisa leve refrescava-lhe o rosto. Adormeceu docemente.

Sonhou que estava na porta da Academia de Polícia em Brasília e queria entrar, mas o portão estava fechado. Lígia batia e ninguém atendia e, então, seu Antônio, pai dela, aparecia e chamava: "Minha filha, vamos para casa".

A moça despertou assustada no quarto silencioso. Custou um pouco a reconhecer onde estava. Sueli dormia tranquilamente. Lígia levantou-se e foi ao banheiro. Demorou a adormecer novamente.

A semana em Nova York foi uma festa. O tempo voou entre passeios e mais passeios. As moças subiram ao Empire State Building e ao World Trade Center e visitaram a Estátua da Liberdade, na Ilha Eris. Lígia arranjou um namorado holandês. Era exatamente o tipo dela. Muito alto, louro, olhos azuis e pele muito branca. Chamava-se Martínius — que Lígia, nos momentos românticos, abreviava para Mar —, com quem trocou longos beijos. De súbito era o último dia, gasto em arrumar as malas e atender a um pedido do delegado Garcia, que encomendara munição calibre 45, fornecendo até mesmo o endereço da loja.

E então as malas foram fechadas, levadas pelos funcionários do hotel enquanto Lígia e Sueli acertavam a conta com um outro rapaz latino-americano na recepção. A van branca atravessou ruas, pontes e estradas rumo ao aeroporto.

Enfrentaram uma longa fila de brasileiros barulhentos carregando malas imensas. — "Eles também são malas" — observou Sueli.

Diante delas, no atendimento, dois meninos discutiam com a funcionária sobre taco de beisebol ser bagagem de mão; não precisava ser despachado.

— Meu pai é empresário, dono da ACP e amigo do dono dessa porcaria de companhia.

— Vou ser clara: ou despacha o volume ou não viaja.

O adolescente entregou o volume dizendo uma série de palavrões.

Com um sorriso, a funcionária disse:

— O senhor viajará na última poltrona do avião; é a mais segura. O próximo, por favor.

Lígia sentiu vontade de aplicar uma chave de braço no garoto. Sueli comentou:

— De volta à pátria, é para a gente se acostumar.

De posse do cartão de embarque, ficaram fazendo hora e de repente já estavam no avião, que se preparava para decolar:

— Que pena! Acabou-se o que era doce. Lá vamos nós de volta para a vida real.

Em Cumbica, os colegas as receberam com longos abraços e perguntas sobre os pedidos de compras no *free shop*.

No saguão, dona Cida, para variar, chorava. Lígia lembrou-se de outras chegadas, sentiu a ausência do pai e também chorou.

Anderson, o irmão de Lígia, depois de abraços e beijos, colocou as malas num carrinho, e o grupo se dirigiu para o estacionamento, onde se despediram de Sueli e família; acomodada a bagagem com muito trabalho no pequeno carro, foram para casa.

— Mãe, tô com uma saudade do seu café. Lá servem uma água preta, talvez "chafé". Um horror!

Anderson queria o tênis dele logo. Enquanto dona Cida preparava o café, Lígia abriu a mala. Anderson adorou o tênis, dona Cida encantou-se com um vestido que a filha entregou: — É prá mim? — e com os cremes, perfumes, assim como com uma estátua chinesa.

Havia outras caixas e pacotes: camisetas, aparelhos eletrônicos e até uns biscoitos que Lígia adorara em Nova York.

Vendo todos aqueles pacotes, a policial lembrou-se de que Armando Dutra pagara a maioria daquelas contas.

5

Depois da viagem, Lígia voltou à rotina. Plantões no aeroporto e a vida em família, na qual a mãe, dona Cida, a preocupava muito. Chorava facilmente e não superava a morte do marido. Buscava em centro espírita comunicar-se com seu Antônio.

Uma semana depois, enquanto Lígia ajeitava a sala, pois Raimunda faltara mais uma vez, ouviu a campainha e olhou pela janela.

Era uma menina pequena e magra, vestida com uma camiseta branca e *jeans*. "Meu Deus, é a Audrey. O que ela veio fazer aqui?"

Desceu as escadas correndo:

— Deixa, mãe, eu atendo.

— Pois não?

— Lígia Negrim mora aqui?

— Sou eu.

— Posso entrar? Meu nome é Audrey Dutra e preciso falar com a senhora.

— Vou buscar a chave.

Abismada, a policial demorou a encontrar uma chave.

— Como vai? Entre, por favor.

De perto, Lígia percebeu que a menina estava abatida, com olheiras, olhos vermelhos e ainda mais magra. Um pedaço de esparadrapo cobria-lhe a junção do braço com o antebraço.

Pousou como um pássaro no sofá da sala e começou a falar um discurso que pareceu decorado.

— A senhora é policial, não é? Seu tio escritor esteve na escola e falou da senhora. Meu namorado desapareceu e eu amo ele, é o homem da minha vida. A senhora acha ele para mim? Pago o que quiser, tenho dinheiro, eu peço para o meu pai, ele tem muito dinheiro, sou filha de Armando Dutra, o construtor, a senhora conhece, não? Também sou amiga do José Eduardo.

Lígia pediu a Deus que um buraco se abrisse e ela desaparecesse por ele saindo no Japão. O que era aquilo? Maurício desaparecera e a menina queria que ela, Lígia Negrim, justamente ela, o encontrasse?

— Então ele sumiu de repente! Telefonei pra minha sogra e ela estava nervosa: " — O Maurício não voltou pra casa ontem". Fiquei desesperada; um desastre de moto, um assalto, meus pais viajando; peguei meu carro, fui até lá. Fui com a mãe dele à polícia, aos hospitais.

Audrey acendeu um cigarro e tragou longamente a fumaça.

Desde que Antônio Negrim morrera de câncer no pulmão ninguém mais fumara naquela sala. Incomodada, Lígia tossiu.

— Foi um inferno, ninguém sabia nada, o Fuca o esperou perto do Metrô e não o viu mais. Meu Deus, eu amo ele, o que vai ser de mim?

Pendurada no cigarro, Audrey dava tragadas ferozes.

— Vou buscar um copo d'água com açúcar.

— Obrigada, nem precisa do açúcar, tenho a boca seca.

— Mãe, faça também um café, por favor. O caso é grave. Esta menina está em estado de choque.

Dona Cida estava nervosa:

— Quem é essa menina que empesteia a minha casa?

— Calma, mãe, ela está desesperada, o namorado desapareceu...

— Essa mocidade de hoje...

Audrey bebeu a água devagar.

— Posso perguntar uma coisa? Você está grávida?

— Não, eu tomo pílula. Sabe, ele também me ama. Deve ter acontecido alguma coisa com o Maurício, alguma coisa muito grave. Eu amo ele, é o homem da minha vida. Não pode sumir. Tipo assim... desaparecer no ar.

A menina acendeu outro cigarro e Lígia aproveitou para diminuir aquela cachoeira verbal.

— Calma, garota, pra te ajudar eu preciso entender o que aconteceu. Saber os fatos, deixe as opiniões para depois. Preciso de fatos.

— Ele é o homem da minha vida. Esse é o fato importante — respondeu Audrey.

Dona Cida entrou com uma bandeja de café e umas rosquinhas. Sentiu o cheiro de cigarro e fez cara feia. Lígia piscou para ela, que abriu a janela e a porta.

— Eu não tomo café. Estou tão nervosa. Vocês não sabem o que estou passando. O Maurício é...

— O homem da sua vida. Calma, Audrey, deixe-me perguntar alguma coisa. Sente-se mais à vontade no sofá e relaxe, solte o corpo, isso. Respire fundo. O que o Maurício faz?

— Como assim?

— Qual é o trabalho dele?

— Vendedor de peças de automóveis. O Maurício é muito esforçado. A família dele é pobre e por isso meu pai não gosta dele. Meu pai não fala nada, mas eu sei.

— Quantos anos ele tem?

— Vinte e um, eu vou fazer dezessete.

— E quando ele sumiu?

— Há treze dias, numa sexta-feira.

Lígia tomou outro café e mordeu uma rosquinha em busca de calma.

Há treze dias ela estava em Nova York numa boa.

Audrey olhava para ela com olhos de cachorro de rua pedindo proteção.

— Coma uma rosquinha. Isso. Quem foi a última pessoa a vê-lo?

— Foi o Fuca.

— Quem é esse Fuca?

— Um amigo dele, trabalham juntos, na mesma firma.

— Outro vendedor?

— Sim.

— E a mãe dele, não sabe nada... assim um telefonema, um compromisso ou até uma briga, uma ameaça, algo do tipo?

— Eu também perguntei isso pra ela. Nada, o Maurício é um cara muito legal, não se mete em confusão. Todo mundo gosta dele.

Dona Cida voltou com um pedaço de bolo, e Lígia pediu um instante para ir ao banheiro no andar de cima. Precisava de tempo para organizar a cabeça. A presença de Audrey ali, na sala dela, provocara uma tempestade na mente da policial federal. Organizou a história em ordem cronológica para esclarecê-la.

"Meu Deus, Armando Dutra me pede para investigar o namorado da filha. Descubro que o cara é um bandido safado, recebo minha grana e vou pra Nova York. O cara some no ar e a namorada quer que eu o encontre. Que mal fiz eu a Deus?"

Deus não respondeu, mas uma voz dentro de Lígia afirmou: "você entregou o cara". O velho Dutra resolveu cortar o mal pela raiz. Com tanto dinheiro, julgou-se acima da lei.

Lígia puxou a descarga e lavou as mãos e o rosto. Não sabia o que fazer com aquela pobre menina sentada no sofá da sala. Desceu.

— Posso usar o banheiro?

— Claro, Audrey, é à direita, subindo a escada.

Dona Cida veio da cozinha:

— Quem é a mocinha? Como fuma! Empesteou a casa!

— Depois eu conto, mãe.

Audrey demorou no banheiro.

Lígia decidiu ganhar tempo, esperar a menina se acalmar e recusar o caso. O ruído da descarga avisou, logo começaria tudo de novo.

— E então, você vai encontrar o Maurício pra mim?

— E a polícia? Vocês procuraram?

— A mãe dele fez o B.O. na delegacia. Eles falaram que é difícil, some gente demais em São Paulo, não sei quantos por dia.

— Vou falar com o delegado.

— Meu pai já falou com um amigo dele, um tal de Abdala. Até agora, nada...

— Seu pai sabe que você veio aqui?

— Não, nem minha mãe. É coisa minha, entende? Não quero que eles se metam. Não se preocupe, eu tenho dinheiro para pagar você, não quero nada de graça.

— Não é isso, você é menor de idade. Tenho minhas responsabilidades. Sou uma policial federal e falando assim você me ofende. Você me procurou na minha casa.

— Desculpe, estou desesperada. Eu amo o Maurício, não aguento viver sem ele. Você é mulher como eu, me ajude. Desculpe, estou muito nervosa.

Lígia lembrou de um verso: "que mal fiz aos deuses todos?"

— Certo, Audrey, vou dar uma olhada no caso. O desaparecimento de uma pessoa é um problema difícil. Muita gente some todos os dias, mas vou tentar. Não garanto nada.

Audrey recuperou a desenvoltura e abriu uma espécie de mochila de onde sacou um talão de cheques. Estava acostumada a comprar.

— Por enquanto, menina, não quero seu dinheiro. Apenas estudarei o caso. Ouça bem, você precisa me contar tudo, mas tudo mesmo sobre o homem da sua vida, tudo, entende?

— Sim, senhora.

— Outra coisa, ninguém deve saber que estou no caso, ninguém. Atrapalha as investigações. Esse ninguém inclui sua melhor amiga e também seu cachorro.

— Certo.

— Nunca seremos vistas juntas. Você não veio aqui e não me conhece. Se eu estiver com alguém espere que me apresentem. Você não me conhece e não me chame de senhora. Tia, nem pensar.

— Certo, Lígia. Direi apenas "muito prazer em conhecê-la, sou Audrey".

— Isso mesmo. Compre um celular pré-pago e esconda. Use-o para falar comigo. Pode parecer bobagem, mas se você não seguir estas regras eu corro perigo. Não sabemos quem são nossos inimigos.

— Por quê?

— O homem da sua vida sumiu na escuridão, não é? Você e eu podemos sumir também. O crime da moda é o sequestro relâmpago. São quadrilhas organizadas, gente muito perigosa.

— Maurício sumiu há treze dias.

Um silêncio pesado se instalou enquanto Audrey e Lígia pensavam na morte de Maurício. Lígia reagiu logo:

— Veja, Audrey, Maurício é seu namorado, e seu pai é riquíssimo. Tal fato o torna alvo de sequestro. Seu pai pagaria o resgate para não vê-la sofrer.

— Até agora — interrompeu a menina — ninguém pediu resgate.

— Esta, Audrey, é uma das técnicas usadas pelas quadrilhas organizadas. Somem com o sequestrado e desesperam a família. Quebram o moral das pessoas.

Audrey parecia impressionada. Os olhos ainda estavam vermelhos, mas não chorava mais; assoou o nariz um pouco grande para o rosto. Estava recuperando as forças. Lígia respirou aliviada. Voltara em Audrey a fé na sobrevivência de Maurício.

— Audrey, preciso de algumas informações. Vou buscar minha agenda.

Virando as páginas, Lígia viu as anotações sobre Maurício e Audrey, encontrou uma página em branco e perguntou:

— Vocês faziam sexo?

— Muitas vezes e com grande prazer. Maurício é o homem da minha vida. A gente se amava — disse Audrey num tom de desafio, narizinho empinado.

Lígia gostou da resposta. Testava a sinceridade da nova cliente.

— Audrey, eu não tenho nada com a sua vida, é a sua vida. Particularmente sou a favor do amor. Como era o relacionamento de vocês?

— Ótimo, perfeito, ma-ra-vi-lho-so.

— Sei, Audrey, eu não investigo sentimentos, busco fatos. Onde vocês se amavam?

Lígia testava Audrey. Para trabalhar no caso precisaria confiar na garota, por isso perguntava o que já sabia.

— Na minha casa, na dele, meus pais não param em casa. Sou menor de idade, não entro em motel.

— Certo. Quem pagava as despesas quando vocês saíam?

— O Maurício.

— Certo. Preciso do telefone do Maurício, da casa e do trabalho, o endereço dos dois também. Ah, nome, endereço e telefone desse Fuca. Um retrato do Maurício e, por favor, não fume mais aqui. Meu pai morreu por causa de cigarro e minha mãe tem trauma. — Lígia fez uma lista para Audrey levar.

— Então você vai investigar?

— Ainda não sei. O que você tem, garota?

Audrey fechara os olhos e caíra para trás no sofá.

— Era o que faltava essa menina desmaiar!

Lígia tomou o pulso da menina, ouviu o coração. Audrey cheirava a cinzeiro sujo. O esparadrapo no braço branco e fino causava má impressão.

— Garota, abra os olhos que isto não é teatro.

Audrey abriu os olhos, sacudiu a cabeça, levou a mão à testa.

— Desculpe, às vezes me dá isso, eu apago, é psicológico.

Lígia teve vontade de dar-lhe umas palmadas "psicológicas" no traseiro magrinho. Verificou os endereços e a fotografia.

— Então lembre-se disso sempre: não devemos ser vistas juntas. Decore meu telefone, compre um celular e me informe o número, tá?

Lígia ergueu-se e Audrey entendeu que a conversa terminara. Despediu-se, e Lígia levou-a até a entrada do sobrado, onde a garota subiu num carro vermelho e partiu em velocidade, já fumando outro cigarro.

"Que tipo de pai dá um carro a uma menina assim?", pensava Lígia.

A vontade de Lígia era sentar na calçada, colocar as mãos na cabeça e chorar. A cadelinha Nina aproveitara a porta aberta e saíra para urinar e cheirar a calçada; a policial chamou:

— Já para dentro, sua sem-vergonha!

Sentiu que aquelas palavras também se aplicavam a ela, Lígia, naquele instante.

Dona Cida colocava um prato com vinagre para absorver o cheiro do cigarro.

— Essa menina deixou um fedor na sala.

A imagem de Antônio Negrim com o cigarro caindo no canto dos lábios ocupou a mente da mãe e da filha.

— Ninguém fumava aqui desde que seu pai morreu.

— Ah, mãe, pare com isso. Papai estará melhor do que nós.

— Mas eu estou sem ele.

Exausta, Lígia soltou-se sobre o sofá e reclamou:

— Problemas e mais problemas; nem os meus eu resolvo e ainda aceito os dos outros!

6

Exatamente como quando tinha a idade de Audrey, Lígia subiu e trancou-se no quarto.

Lá, deitada de pernas para cima, sentiu a raiva crescer como a massa de um bolo a fermentar. Mais uma vez na vida dela, uma pessoa rica usava e abusava da boa-fé dela. Como aceitara um serviço tão idiota como vigiar Maurício? Dinheiro para ir a Nova York. E na volta o rapaz estava morto. Lera que a classe média existia para cuidar do interesse dos ricos. Grande verdade! Como fora ingênua!

Lembrou-se então do velho professor de investigação criminal, doutor Carlos Leão: "Rapazes, desconfiem das histórias óbvias, das coisas bem certas, das unanimidades". Por que lhe voltam assim à mente as palavras do falecido professor? Porque na cabeça dela o caso estava resolvido: Armando Dutra matara Maurício enquanto ela passeava em Nova York. Não era difícil imaginar o empresário chamando de lado dois peões de obra e encomendando o serviço. Peões, obra, buracos imensos; quer melhor lugar para esconder o cadáver que os profundos buracos das fundações do prédio? Tinha certeza de que Maurício morrera assim, porém recordava o velho Carlos Leão: "Rapazes — para ele na classe só havia rapazes —, na investigação criminal como na vida, as aparências enganam. Estudem sempre outras possibilidades, examinem o cadáver, a cena do crime".

Cadáver. Quando trabalharia num caso em que houvesse um belo cadáver, a cena do crime sabida e preservada?

Seu destino era investigar casos malucos em que nunca havia nenhum elemento concreto, visível. Que horror!

A campainha a trouxe de volta dos devaneios. Pela janela, viu um carro parado e Audrey com um pacote na mão:

— Posso entrar? Trouxe os telefones.

Lígia abriu o portão e a menina entrou apressada.

A partir daquele momento elas só se encontrariam tomando cuidados especiais. Usariam um telefone pré-pago para se comunicarem. Quando Lígia precisasse de dinheiro, marcariam um encontro (por exemplo, no banheiro de um *shopping*). Lígia insistiu:

— Não podemos ser vistas juntas.

Depois, tomou a agenda para anotar informações.

— Quando viu Maurício pela última vez?

— A gente saiu e ele me deixou em casa. Não o vi mais. De manhã a mãe dele me telefonou perguntando sobre ele, pois não havia chegado em casa. Foi assim.

— Ele estava de carro?

— Não, estava na oficina.

— Você lembra se ele ia a algum lugar?

— Pra casa, no dia seguinte ele iria trabalhar.

— Onde ele trabalhava?

— Ele vendia peças de automóveis.

— Mas a firma, o endereço?

— Não sei, a firma era dele.

— Entendo. Por que seus pais não gostavam dele?

— Porque ele era pobre. Meu pai só gosta de gente rica.

— E a sua mãe?

— A mãe era mais maneira, mas sempre mandava tomar cuidado.

— Na noite em que vocês saíram pela última vez, aonde foram?

— Dar uma volta, ora.

— Dar uma volta onde?

— Por aí.

— Audrey, você é adolescente e jovens dessa faixa etária não confiam em adultos como eu, não é?

Sentada, muito rígida, Audrey fazia cara de vítima.

— Menina, você precisa tomar uma decisão. Para investigar um caso difícil como esse preciso de todas as informações, todas, entendeu? Todos os detalhes pesam. Se você mentir pra mim, seguirei pistas falsas e a investigação fracassará.

— Você me arranja um copo d'água?

Audrey bebeu, pensativa. Lígia deu o golpe de misericórdia:

— É melhor você ir embora.

— Não, eu falo, mas é muito difícil.

— A escolha é sua.

— Fui namorar no cemitério.

— Quer dizer, transar no cemitério?

— É.

— Maurício usa drogas?

— Sim, maconha.

— E você?

— Junto com ele.

— Veja a importância dessas revelações. Um dos aspectos a investigar é esse. Quem fornecia?

— A gente comprava na Praça Silvio Romero de um cara que fica por lá. Às vezes o Fuca trazia pra gente.

— Maurício usava outras drogas?

— Não, e também não era sempre.

— Sei. Maurício tinha dívidas com esse traficante?

— Não sei. Acho que não.

— Você dava dinheiro ao Maurício?

— De vez em quando. Com a crise do país às vezes ele não vendia nada e eu ajudava ele.

— Sei. E quem dava dinheiro para você?

— Minha mãe.

— Seu pai sabia?

— Acho que não.

— Como você conheceu esse cara?

— Num barzinho, aí a gente ficou junto.

— Bom, Audrey, daqui pra frente, a gente só se fala por telefone e o mínimo possível. Certo?

— Certo.

— Será difícil pra você, mas assim que eu tiver notícias, você será a primeira a saber. Outra coisa, se notar alguma coisa diferente como alguém te seguindo ou ruídos estranhos ao telefone, me avisa imediatamente, tá? Isso inclui contato com sequestradores. Agora é melhor você ir embora.

De volta ao quarto, Lígia assumiu sua posição favorita: de pernas para cima. Pensava em Maurício e Audrey: a menina namorava um ladrão de carros que a levava ao cemitério, lhe dava drogas e lhe tomava o dinheiro, tudo muito romântico. De quebra, ainda arriscava a vida dela andando como louco de moto. "É o homem da minha vida." "Decididamente, estou ficando velha." Será que a Lígia adolescente era tão ingênua?

— Filha, o lanche está pronto — gritou dona Cida, lá de baixo.

"O que um pai faz com um genrão desses? Seu Antônio me botava pra fora de casa. Mas eu nunca me apaixonaria por um tipo assim. Será? Acho que não, mas o amor é loucura, mas Maurício não é o meu tipo."

— Filha, o lanche tá na mesa.

— Tô indo, mãe.

Lígia lavou as mãos e sentou-se.

— Mãe, o que a senhora faria se eu me apaixonasse por um bandido?

— Por que você me pergunta isso, minha filha?

— Quero sua opinião, só isso.

— Eu não sei o que faria, mas como mãe me sentiria arrasada, um fracasso de mãe. Criar uma filha com tanto amor para um bandido, um assassino!

— Fique tranquila, mãe, namorei em Nova York um engenheiro eletrônico holandês, o Martínius, um bom rapaz.

— Ainda bem, minha filha, você me assustou. Sabe como é coração de mãe. Ele vem pra cá quando?

Lígia riu, dona Cida sonhava vê-la casada e cheia de filhos.

— Olhe, mãe, esse holandês é um rapaz interessante. E a empresa dele tem filiais no Brasil, quem sabe...

— Rezarei para dar certo. Uma vela para Santo Antônio.

— Mãe, só tenho vinte e quatro anos, não coloque Santo Antônio na parada. Lígia Negrim é poderosa.

A conversa com a mãe relaxou os nervos de Lígia. Comeu uma salada de pimentão com um pouco de carne assada. Restos do almoço. Depois da refeição, julgou-se capaz de encontrar Maurício vivo ou morto. "Sou mais eu", pensou, enquanto escovava os dentes.

7

Havia no trabalho de Lígia, no aeroporto, um momento mágico: entre a partida do último voo da noite e a chegada do primeiro voo da manhã, o aeroporto vivia um instante de tranquilidade. Duzentas ou trezentas pessoas cochilavam pelo saguão, os guichês fechavam, os funcionários de plantão descansavam. Parecia que o complexo inteiro relaxava num suspiro.

Lígia usava então o banheiro sossegadamente, lendo uma revista; depois, passeava pelo saguão.

Nessa madrugada sem sono, pensava no desaparecimento de Maurício. Abriu sua agenda e anotou para ordenar as ideias:

Hipóteses:

✔ Armando Dutra pediu aos peões da obra que matassem Maurício no prédio.

✔ Maurício foi apagado por colegas: traficantes, fregueses, o colega Fuca.

✔ Durante um roubo, alguém apagou Maurício e sumiu com o cadáver.

Outras?

A primeira hipótese apresentava uma dificuldade básica: com o avanço das obras, o cadáver estaria cada vez mais coberto, e como ela assumiria o risco de parar a obra para cavar o terreno, destruir fundações? Só diante de uma confissão do assassino. Armando Dutra não falaria e os executores estariam certamente longe. Entretanto havia a possibilidade de investigar. Alguém podia ter visto os assassinos de Maurício. A obra certamente teria vigias noturnos... se não fossem os vigias os assassinos... Sem esquecer que Fuca fora o último a ver o rapaz; logo, aqui havia trabalho, ou, melhor, possibilidades de investigação.

As outras hipóteses dependiam de Fuca. Parceiro de Maurício, evidentemente sabia tudo sobre a atividade criminosa do rapaz.

Havia então duas pessoas a serem profundamente investigadas: Dutra e Fuca. "Meu Deus, eu tinha de fazer aquele bico?!"

Lígia fechou a agenda e percebeu que tinha fome. Avisou o Edu que iria ao café comer um pão de queijo. Eram cinco horas, o aeroporto estava quase vazio. Passageiros em trânsito dormiam espalhados nas cadeiras. Lígia acordou uma senhora e a orientou a despachar a bagagem. Várias quadrilhas agiam no aeroporto roubando malas, carteiras, passaportes. Ajudou a mulher a carregar as malas. Era viúva e viajava pela primeira vez para visitar a filha nos Estados Unidos. A conversa a distraiu e quando voltou à Polícia Federal seus substitutos já estavam lá e o delegado a dispensou.

Voltando para casa pela Ayrton Senna, a moça bolava planos para investigar. Pensou até em um telefonema anônimo para a Polícia Civil: "Há um cadáver enterrado na construção". "Acho a ideia boa. No dia em que tiver certeza, telefono pra todo mundo: Polícia Militar, Civil, rádio, televisão, cinema, Instituto de Engenharia..."

Em casa, dormiu pouco e mal por causa do barulho da rua e depois do almoço foi ao escritório da seguradora do José Eduardo. Queria saber como Armando Dutra a escolhera para vigiar a menina Audrey.

Esquecera que havia um colégio no caminho. As mães paravam em fila dupla ou tripla, desciam dos carros e levavam seus filhinhos até o portão onde eram recebidos pelo pessoal da escola. Depois, ignorando a bronca geral dos outros motoristas, subiam nos carros e partiam.

Impaciente, Lígia pensou: "Estão lambendo a cria, tudo bem, mas podiam respeitar mais os outros".

O escritório da Corretora J.E.A. ficava numa transversal da Avenida Celso Garcia em um sobrado transformado em imóvel comercial. O escritório do José ficava no antigo quarto dos fundos.

Sempre gentil, José Eduardo a recebeu instantaneamente:

— Olha, sei bem a história de Armando Dutra, ele estudou comigo e com seu tio no Ascendino Reis.

— Por favor, nem comente o caso com meu tio que ele já escreve um novo livro.

— Certo, Lígia. Bom, o pai de Armando tinha uma chácara de flores na Rua Vilela e o filho transformou parte do terreno num *drive-in*.

— Sei, o pai vendia flores e ele, amores.

— Mais ou menos isso. Ora, Lígia, nos anos sessenta o *drive-in* foi um bom negócio. O número de automóveis crescia, as mulheres usavam a pílula, afinal foram os anos sessenta da revolução sexual. Dutra aproveitou a situação e ganhou um bom dinheiro. Bons tempos aqueles, dá uma saudade!

— Imagino, tio. Você era o maior freguês do *drive-in*.

— Mais ou menos, foi uma época maravilhosa.

— Imagino, pela sua cara de saudade... Mas e

Armando Dutra?

— Faturou muito, teve uma ideia criativa. Comprou velhos carrões americanos e os estacionou no *drive-in*.

— Para quem não tivesse carro?

— É, e também para quando amigos saíam juntos. Alguns desses carros estão na coleção dele e atualmente valem uma fortuna. Quando os *drives* perderam terreno para os motéis, Armando, já formado engenheiro, construiu na antiga chácara o primeiro prédio da construtora.

— E o *drive-in*?

— Continuou por algum tempo. A Radial Leste virara ponto de prostituição. Quando o primeiro prédio ficou pronto, Armando fechou o *drive* e fez lá um outro edifício. Nos anos oitenta, com a chegada do Metrô, o bairro passou por uma grande transformação: as velhas fábricas da nossa infância foram derrubadas, emigraram para o interior do estado e nos terrenos onde ficavam surgiram grandes edifícios residenciais. Armando, então, passou a construir apartamentos de alto padrão. Ganhou uma fortuna.

— E a vida dele?

— Casou com a Sandrinha, colega de escola, tiveram dois meninos e depois se separaram.

— Vou adivinhar. Casou com outra mais moça e bonita.

— Que era secretária dele — acrescentou José Eduardo, rindo. — Você já assistiu a esse filme, não é?

— Então, essa menina, a Audrey, é filha desse casamento com a secretária?

— Exatamente, e ainda nasceu um garoto, o Felipe. Mas, aqui entre nós, por que tanta curiosidade sobre o Armando?

— Tudo bem, vou abrir o jogo. Armando me fez uma proposta de trabalho e gosto de saber quem me paga.

— Pelo menos para nós sempre pagou legal. É um cara esperto, porém honesto. Outra coisa, Armando Dutra é um cara muito inteligente, fez fortuna sozinho.

Lígia agradeceu e despediu-se. No tráfego mais tranquilo do meio da tarde, a moça pensava no que o velho amigo José Eduardo contara: será que seu Antônio e dona Cida frequentaram os *drives*? Era engraçado imaginar o namoro deles: seu Antônio e dona Cida aos beijos e amassos. Hoje, dona Cida fazia o tipo viúva moralista, falava das moças de hoje e avisava ao Anderson: "Não confie em mulher". Não contava nada do "tempo dela". Era o tempo do namoro deles, os anos sessenta. É engraçado como a gente não percebe que nossos pais foram jovens como nós e fizeram as mesmas coisas e depois se esqueceram disso.

Já sabia como Armando chegara até ela. Era hora de começar a investigar o desaparecimento de Maurício. O principal suspeito era um adversário de respeito: rico, muito rico e inteligente, cheio de amigos importantes e com muita experiência de vida. Um grande desafio.

8

— Alô, dona Elaine? Meu nome é Lígia e preciso falar com a senhora sobre seu filho Maurício. É, sim, uma pessoa me pediu que investigasse o desaparecimento dele. Infelizmente não posso revelar o nome. A senhora pode me receber? Sim, estou indo.

Logo percorria a Radial Leste até a Vila Esperança. Subiu o viaduto, tomou a direita. "É aqui."

Casa velha, de um branco opaco, com um jardim malcuidado na frente em um terreno alto; a construção bem no centro deixara dois grandes corredores laterais cheios de vasos de plantas, de onde chegou furiosa uma cadela sem raça definida. À esquerda, num espaço escavado, uma velha perua azul, esperando um colecionador.

— Passa, Xuxa, já para dentro. Ela não faz nada.

— Como vai, dona Elaine?

— Seu nome é mesmo?

— Lígia.

A mãe de Maurício era uma mulher corpulenta, com muito busto e quadril sobrando de uma calça branca e uma blusa rosa. O cabelo curto estava pintado de louro, mas as raízes eram escuras. Usava um perfume barato e um batom vermelho-paixão. Dentes irregulares e amarelos. "Deve ter sido uma beldade na mocidade", pensou Lígia.

Entraram pelos fundos da casa e, passando a cozinha, chegaram a uma sala onde na velha TV uma mulher de meia-idade ensinava a fazer bolos. Sentaram num sofá de couro sintético. Um vaso com flores de plástico enfeitava a estante.

— Não repare na bagunça.

Sobre a mesinha de centro um cinzeiro cheio de bitucas e algumas revistas femininas *Flávia Roberta*: "Ele é o homem da minha vida". Da televisão chegava o ruído de uma batedeira. Lígia concentrou-se com dificuldade.

— Dona Elaine, estou investigando o desaparecimento do seu filho e...

— Você é da polícia?

— Sou, mas uma pessoa amiga dele me contratou para investigar.

— Como assim?

— Alguém está me pagando para encontrar o Maurício.

A televisão agora anunciava que com "Magrex você perde um quilo por semana comendo de tudo". A cadela deitou-se aos pés de Lígia e ofereceu a barriga cheia de pintas.

— Então, dona Elaine, a senhora vai me ajudar a encontrar o Maurício?

A mulher tirou os olhos da tela da televisão e os fixou em Lígia.

— O que você quer?

— Que a senhora responda algumas perguntas.

— E se eu não responder?

— Não poderei encontrar seu filho. Estou aqui para ajudar.

Agora ocupava a tela da televisão um rapaz vestido de pantera cor-de-rosa dizendo: "Alexandra Albes foi vista numa boate *gay* com uma amiga. Será, será?"

No aeroporto, Lígia interrogara várias bolivianas, peruanas, paraguaias, mulheres pobres, camponesas, as chamadas "mulas", apanhadas com drogas. Elas se fechavam num silêncio de pedra, o olhar perdido no teto. Dona Elaine era diferente, não tirava os olhos da televisão, mas a atitude era a mesma: defesa.

— A senhora me arrumaria um copo d'água?

A agente bebeu com certo receio.

— A senhora é muito parecida com o Maurício.

— Você acha mesmo? De onde você conhece o meu filho?

— Do bar, ele, o Fuca, a namorada dele, a Audrey, o Toco, somos todos amigos. Aliás, somos nós que procuramos o Maurício, estamos preocupados.

— Então você é amiga do meu filho? E essa história da polícia?

— Então, como eu trabalho na polícia combinamos de procurá-lo. Vamos dividir as despesas.

— Eu não tenho dinheiro — disse dona Elaine.

— Eu não quero seu dinheiro, dona Elaine, só umas

informações. A senhora poderia abaixar o volume da TV?

A mulher abaixou o som do aparelho.

— Fale logo o que você quer. Adoro esse programa.

— Como a senhora percebeu o desaparecimento do seu filho?

— Pô, ele sumiu, não vinha mais para casa.

— Há quanto tempo?

— Três dias.

— O que a senhora fez?

— O que eu fiz? Falei com o seu Agenor que é da PM e ele me levou numa delegacia dos sumidos.

— Dos desaparecidos... Quem atendeu a senhora lá?

— Na delegacia? Foi uma moça.

"Bom", pensou Lígia, "se foram à delegacia, lá fizeram o procedimento padrão: IML, hospitais, delegacias, prisões."

— Pediram alguma coisa do seu filho?

— Do Maurício?

— Sim, do Maurício.

— O número do RG e uma fotografia. Você aceita um cafezinho?

— Aceito sim.

Lígia queria ficar sozinha, dar uma olhada no ambiente e mesmo pensar um pouco. Não podia perguntar à Elaine se ela sabia da profissão do filho. Correu os olhos pela sala: nas paredes ressecadas, uma grande fotografia de um menino pelado, certamente o desaparecido de agora, uma imagem de Jesus, uma estante mambembe com um aparelho de som, um videocassete, a televisão ligada, duas poltronas desbotadas e um tapete dos anos sessenta, no mínimo.

Dona Elaine voltou com duas xícaras numa bandeja, seguida pela cadela.

— Está uma delícia. O Maurício trabalhava com automóveis?

A fisionomia de dona Elaine se fechou, as rugas apareceram mais.

— Meu filho trabalhava com entregas de moto. Tinha uma empresa. Vou levar a bandeja.

Com vontade de espiar a casa toda, Lígia levantou-se e foi olhar a fotografia na parede. Era o Maurício sim, todo feliz, com alguns meses de idade. A moça se comoveu. Como estaria agora aquele menino feliz? Que estranha máquina transformara o menino no homem que roubava à mão armada, usava drogas e explorava a namorada menor de idade?

— Moça, cuidado, sou da polícia.

Assustada, Lígia viu um homem moreno, revólver na mão, parado na porta.

— Eu também, seu Agenor. Sou da Polícia Federal.

— Como você sabe meu nome? O seu documento?

— Na bolsa, seu Agenor.

Lígia foi até a mesinha e mostrou a carteira para o homem.

— Positivo, dona Elaine, é gente boa. Federal legítima.

Dona Elaine estava atrás de Agenor e atrás dela a cadela balançando o rabo.

— Veja, seu Agenor, como eu expliquei para a dona Elaine, sou policial e amiga do Maurício, frequentamos os mesmos lugares, e os amigos me pediram que procurasse por ele. Vim aqui para que dona Elaine me ajudasse... Estou fazendo um bico para um grupo de amigos do Maurício.

Agenor colocou a arma no coldre e devolveu a carteira de Lígia:

— Desculpe, moça, dona Elaine foi em casa nervosa dizendo que uma moça suspeita fazia perguntas.

— Sem problemas, vamos ver se a coisa agora vai.

Dona Elaine, a senhora me ajuda?

— Ajudo sim.

— Bom, eu vou pra casa.

— Calma, seu Agenor, preciso do seu auxílio. O senhor foi à delegacia de desaparecidos?

— Positivo, moça. Tomamos todas as providências.

— O senhor pode ficar?

— Prefiro não.

— Muito bem, dona Elaine, vamos nós. Por favor, desligue a TV e sente-se aqui.

— Ando muito nervosa, viu?

— Eu sei, são só algumas perguntas. A senhora notou alguma coisa diferente no comportamento do Maurício?

— Comigo ele era muito bom, um filho de ouro.

— Desculpe, mas nos últimos dias o seu filho andava nervoso, perdeu o apetite, agitado, dormia mal, mudou os horários, coisas assim?

— Não, estava tudo bem.

— A senhora conhecia a Audrey, namorada dele?

— A Audrey, não.

Lígia pensou que a mulher mentia por alguma razão desconhecida.

— Dona Elaine, quem sustenta a casa?

A resposta demorou. Lígia duvidou da sinceridade de dona Elaine. Seria ela assim mesmo ou fazia um tipo teatral para enganar aquela moça desconhecida que invadira a casa dela?

— Bom, eu sustento a casa com os aluguéis que meu pai me deixou. O dinheiro dele é dele, o meu é meu.

Parecia resposta de político acusado em CPI.

— Sei, a senhora tem o endereço da firma do seu filho?

— Do Maurício? Não.

— Dona Elaine, e o pai do Maurício? Seria possível ele estar com o pai? Gostaria de conversar com ele.

— O pai dele está morto.

Lígia sentiu que lutava contra uma parede de pedra. Aquela mulher gorda, de meia-idade, não acreditava nela, nem na procura do filho. Que filho? O Maurício! Meu Deus!

— A senhora tem outros filhos?

— Uma filha casada que mora no Paraná, em Porecatu.

— Certo, dona Elaine. Estou satisfeita, não farei mais perguntas.

Então, dona Elaine, com os olhos cheios de lágrimas, disse:

— Você é da polícia, mas também é mulher, como eu. Traga meu filho de volta. Ele é tudo o que eu tenho.

Emocionada, Lígia abraçou a mulher. Elaine cheirava a cigarro e perfume barato, desses que são oferecidos à Iemanjá nas praias.

— A senhora precisa me ajudar, dona Elaine.

— Eu não tenho dinheiro.

— Dona Elaine, não quero seu dinheiro. Preciso que a senhora me ajude com informações. Se alguém entrar em contato com a senhora me avise. Aqui está meu telefone.

— Não acredito na polícia.

Lígia segurou um palavrão e foi saindo com a mulher seguida pela cadela. Olhando para a esquerda, viu duas casas no fundo. Certamente seu Agenor morava lá.

"Essa senhora me deu dor de cabeça.
Seu filho. O Maurício?
Meu Deus!"

O trânsito de volta estava bom. Lígia passou na Praça Silvio Romero, queria relaxar um pouco. Dona Elaine era dose dupla, não falara nada de aproveitável. Lígia apenas economizara uma comunicação com a delegacia dos "sumidos".

Com uma mãe assim, como seria o filho? Que filho?

Lígia pensou na atitude da mãe de Maurício: o tempo todo se escondendo, se defendendo. Por quê?

Ela só queria informações sobre o garoto desaparecido. Imaginou dona Cida naquela situação, não assistiria a programas femininos e prometeria uma viagem à lua para quem lhe trouxesse com vida a filhinha querida, e, mais, contaria todas as gracinhas infantis de Lígia bebê.

Lígia tomou um chocolate. Meninos e meninas voltavam da escola. "Bons tempos", pensou Lígia, "em que eu não sabia o que me esperava..."

Uma ideia apareceu na mente de Lígia: dona Elaine não confiava na polícia em geral; talvez a relação de Elaine com a lei deixara lembranças tristes ou, então, no presente, ela trabalhava com o filho.

Como seria o passado de dona Elaine, como vivera aquela mulher há vinte anos, quando jovem e bela?

E a educação de Maurício? Teria dona Elaine tirado os olhos da televisão para olhar o filho?

Lígia lembrou-se do antigo namorado, o Juça, "Você errou de profissão, Li; psicóloga, você gosta mais é de desvendar as pessoas" — era o que ele sempre dizia.

Não era verdade; ela gostava de investigar, descobrir as informações que as pessoas carregavam escondidas no fundo da mente. Era sempre um desafio, por essa razão aceitava casos malucos como o desaparecimento de Maurício Fontes.

Para não esquecer, anotou: investigar o passado de

Elaine Fontes. Depois foi a uma loja do *shopping* e, para aliviar a tensão, comprou uma blusa:

— Embrulhe para presente, por favor.

9

Quem é o Fuca, diria dona Elaine, ou, melhor, que Fuca? Audrey fornecera o telefone, mas não sabia o nome verdadeiro nem o endereço; impossível informar-se na Polícia Civil.

Lígia não podia interrogar Fuca, o segundo suspeito da lista depois de Armando Dutra. Além disso, não era do tipo que confiaria em agentes da Polícia Federal e contaria suas atividades profissionais. "Quais foram seus últimos roubos?"

Com Fuca, a tática era a campana. Certamente o rapaz continuaria no ramo dos "automóveis". Lígia precisava conhecer os compradores dos carros roubados pela dupla, também suspeitos. Afinal, bandidos matam bandidos.

A atividade de Maurício era perigosa, e o caminho para descobrir esses perigos todos tinha o apelido de Fuca. Lígia telefonou para o celular de Audrey:

— Como faço para encontrar o Fuca?

— Sem problema, eu te apresento.

— Não!!!

— Ele é gente fina, um cara muito legal.

— Mas não pode saber que sou agente federal e sua amiga, ele não deve me conhecer.

— Ah, entendi. Ele vai sempre à Cervejaria Copo Cheio.

— Certo, sei onde é. Outra coisa, Audrey, preciso de algum dinheiro, trezentos reais, para as despesas. No banheiro da cervejaria.

Enquanto se arrumava, Lígia pensava em convocar alguém para ajudá-la. Pensou em Edu, mas teve vergonha de contar o caso para o colega. Afinal, fizera o papel de otária. Resolveu convidar Sueli para tomar um chope. A amiga topou, uma vez que não se viam desde a viagem a Nova York.

A Cervejaria Copo Cheio se instalara em uma antiga oficina mecânica e o decorador aproveitara o fato como tema: um carrão americano dos anos cinquenta suspenso no teto. A choperia parecia uma velha bomba de gasolina e os garçons vestiam macacões azuis.

No início da noite havia ainda muitas mesas vazias, alguns homens de terno e gravata bebiam depois do serviço, e meninos e meninas iniciavam a "balada". No som alto, o cantor berrava com voz metálica.

As paredes de velhos e grandes tijolos lembravam os cenários de antigos filmes policiais.

— Oi, amiga, que bela ideia essa de um chope hoje.

— De vez em quando vai bem. Vamos sentar ali.

Lígia escolhera "ali" para observar três mesas adiante onde estava um grupo de jovens: duas falsas loiras de longos cabelos, quatro rapazes de brinco com os cotovelos sobre a mesa e as pernas abertas e Audrey, distante, distraída e solitária, mais parecendo um passarinho caído do ninho. Todos fumavam e bebiam. Falavam alto sobre motos.

As duas amigas pediram duas canecas de chopes e provolone à milanesa. Sueli trouxera uma coleção de fotos de Nova York.

Com um olho nas fotos e outro na mesa dos jovens, Lígia viu um rapaz de cabelo pintado de loiro se aproximar da mesa. Era alto e magro, braços longos e finos e vestia uma calça de camuflagem e uma camiseta roxa. Usava um brinco em cada orelha, uma grande cruz presa por um cordão e um *piercing* na sobrancelha esquerda. Beijou as meninas e trocou uma espécie de tapa com os rapazes. Pediu uma bebida ao garçom e puxou conversa com Audrey.

Lígia reconheceu o colega de trabalho de Maurício e imaginou que ele perguntasse pelo amigo, porque Audrey balançava tristemente a cabeça.

As duas loiras cantaram pagode no videokê. Dois paqueras de plantão se apresentaram na mesa de Lígia e Sueli... Audrey levantou-se e foi ao banheiro. Lígia foi atrás.

Entraram em sanitários contíguos e Lígia recebeu por baixo da divisória um envelope. Abriu. Trezentos reais e uma carta com uma letra difícil de ler.

Dona Lígia:

Estou desesperada mesmo, ache o Maurício para mim, ele é o homem da minha vida. Minha mãe diz pra eu esquecê-lo, mas é impossível; o primeiro amor não se esquece jamais.

Aqui estão os trezentos reais; se precisar de mais, peça. Acho mesmo que o Fuca sabe mais coisas do Maurício que eu.

Um beijo.

Audrey

Lígia puxou a descarga, guardou o dinheiro e a carta na bolsa. A menina já se fora. Lígia sentiu uma pena danada daquele passarinho caído do ninho.

"O homem da minha vida." A frase era um pouco ridícula; certamente Audrey tinha muita vida e teria muitos amores no futuro. "Mas sou uma policial e não uma conselheira sentimental. Ô coração mole!"

De volta à mesa, viu Fuca se levantar e sair com outro rapaz. "Su, te aguenta que já volto", e foi atrás.

Os dois entraram numa velha caminhonete e partiram.

Lígia foi seguindo de moto. Numa rua sossegada, a caminhonete parou. Fuca desceu com um pé de cabra, abriu o porta-malas de um sedã, tirou o pneu, jogou dentro da caminhonete, apanhou mais alguma coisa que Lígia da esquina não identificou e partiu em velocidade, enquanto o alarme berrava na noite, sem que ninguém aparecesse.

Lígia continuou atrás deles. Viu de longe eles venderem o pneu a um borracheiro e seguiu-os até a Praça Silvio Romero, onde estacionaram. Conversaram um pouco com um rapaz de boné que se afastou, mas voltou logo passando disfarçadamente um pacote a Fuca.

"Bagulho, na certa", pensou Lígia. "Audrey sabe realmente escolher bons amigos. Fuca é gente finíssima."

Fuca e o outro rapaz deixaram a caminhonete estacionada e voltaram à Cervejaria Copo Cheio.

A moça deixou a moto num estacionamento.

Vieram-lhe à mente as palavras de Audrey: "Fuca é gente fina". O que a menina sabia de Fuca para julgá-lo gente fina? Muito pouco, quase nada. Audrey era mesmo uma menina ingênua, vivia afastada da realidade, protegida pelo dinheiro da família, pouco sabia da vida real.

Lígia esperou um pouco e também entrou na cervejaria. Sueli se fora, Audrey também. A policial pediu um chope e lançou um olhar para um moço que a encarava.

— Oi, você vem sempre aqui? Meu nome é Adriano.

Lígia ouviu sorrindo a velha cantada de sempre enquanto vigiava a mesa de Fuca. Quando ele saiu, Lígia disse a Adriano: — Você é um amor, mas sou casada e tenho quatro filhos — e foi atrás de Fuca.

Na rua havia uma festa. Carros passavam devagar

com o som alto para que os ocupantes se olhassem, falassem, trocassem telefones. Às vezes, o motorista parava em fila dupla.

Com garrafas ou latas na mão, meninos e meninas bebiam, casais se beijavam em pé ou nos carros parados; pelas portas abertas dos bares, uma música mecânica chegava aos ouvidos. Rapazes mexiam com aquela bela morena, muito séria, que passava no pedaço. Lígia se divertia com os gracejos dos rapazes. Sentia-se jovem e bonita. "Ainda faço sucesso."

Na velha caminhonete, Fuca e o motorista preparavam um cigarrinho artesanal. Lígia hesitou: tirar ou não a moto do estacionamento? Quando viu que eles partiam, correu, pagou, entrou alguns metros na contramão e seguiu atrás dos dois.

Todo trabalho da noite se resumia em descobrir o endereço de Fuca, sua toca, o maldito buraco onde se escondia aquele rato.

Nas ruas mais vazias do início da madrugada, o motorista da velha caminhonete corria mais do que devia.

Lígia, cavalgando uma moto de 250cc, observava de longe as façanhas do motorista da caminhonete.

Não obedecia aos faróis, mudava constantemente de faixa, "costurando" entre os outros veículos. A policial, para não perdê-los de vista, também tinha de passar o farol vermelho.

Os rapazes subiram o viaduto da Vila Matilde e desceram a pista numa velocidade excessiva para um veículo naquele estado. Por sorte o farol estava verde para eles; Lígia passou o vermelho depois de verificar que a rua estava vazia.

Finalmente, o veículo parou e Fuca desceu. Era vizinho de Maurício, como era de esperar.

A caminhonete seguiu em velocidade com o motorista meio bêbado e maconhado. Lígia fez votos para que ele chegasse bem e não provocasse nenhum acidente. Muito cansada, voltou para casa. Fizera um papelão com Sueli e agora precisava se explicar com a amiga.

Em casa, a jovem policial percebeu que estava nervosa. Seguir aqueles dois malucos a deixara estressada. Encheu a banheira com água morna e enfiou-se nela.

A sensação dos músculos se libertando sob a água foi um prazer forte. Lígia suspirou. Tentou não pensar em nada, aproveitar a doce sensação da água morna cobrindo o corpo. Suspirou de novo e ficou deitada, nua, na escuridão.

Algum tempo depois lembrou-se do paquera, bonito rapaz; na confusão, nem ouvira direito as palavras dele. Certamente o veria de novo na cervejaria... "Um rapaz interessante."

Lígia adormeceu dentro da banheira e só acordou quando a água esfriou. Foi dormir na cama. Sonhou que dava à luz uma menina. Quando contou o sonho à dona Cida, a mãe chorou: "— Mas é de felicidade, minha filha. Ah, uma netinha... É a coisa que mais quero na vida!".

10

No dia seguinte, Lígia caminhou até o apartamento de Sueli. Encontrou a amiga promovendo uma faxina, antes de sair para a delegacia:

— Pô, amiga, você me deve uma explicação! Você me convida pra um chope, me larga sozinha e sai atrás de um homem! Certo que homem anda difícil, mas aquele lixo?!

— Desculpe, amiga, eu estava a serviço.

— E a trouxa aqui dando cobertura sem saber de nada!

— Desculpe, Sueli, é um caso complicado.

— E, pelo visto, extraoficial. Você continua no aeroporto.

— É.

— Primeiro você vai pagar a conta, certo? Depois vai me contar tudo, detalhe por detalhe.

Lígia hesitou, mas depois pensou que seria até bom ouvir a opinião de Sueli sobre o caso. Afinal, a amiga, uma policial experiente, certamente levantaria hipóteses inteligentes sobre o caso.

— Olha, Sueli, um cara muito rico me contratou para espionar o namorado da filha. Eu precisava de dinheiro para viajar com você e aceitei.

— New York, New York — cantou Sueli.

— Isso mesmo.

— Então seguia o altão por isso?

— Seria tão bom se fosse simples assim. Aquele não é o cara que deveria seguir, mas o sócio dele. O sujeito desapareceu no ar.

— Ah, já sei, está no jornal. Maurício... sei lá.

— Exatamente, amiga, Maurício sei-lá-onde-está...

— Chega de sei lá, conte tudo.

— Alguém me pediu informações sobre esse tal Maurício e descobri que ele roubava carros.

— E você passou a informação pra frente e o cara desapareceu?

— Exatamente.

— E por que você segue o sócio dele?

— Alguém me pediu que encontrasse o Maurício.

— Outra pessoa?

— É.

— Sei, sei... E você, uma menina muito inteligente e sabida, tem algumas hipóteses sobre esse tão interessante Maurício, não é?

— Lógico, Su, só tenho hipóteses, é tudo que tenho.

— E quais são?

— Pô, o sujeito que me contratou apagou o Maurício por causa das informações que descobri e sumiu com o corpo. O outro sujeito quer saber o que aconteceu, por isso me procurou.

— Muito bem, dona Lígia. Agora só faltam os nomes.

Lígia suspirou longamente:

— Armando Dutra. A filha dele, Audrey, namorava o Maurício. Ela o busca: "É o homem da minha vida", afirma.

— E ela sabia da profissão do "homem da vida dela"?

— Não sei, acho que não. Audrey vive numa gaiola dourada a quinhentos metros da realidade.

— Então, Lígia, recapitulando: Armando Dutra pede que você observe o genro. Você descobre que o rapaz rouba carros, conta pro sogrão e vai para Nova York comigo. Na volta, o cara sumiu e você imagina que o sogro o apagou. Sobram a filha com um grande amor e a sua consciência pesada.

— E você não acha que Dutra matou Maurício?

— Sinceramente, não, Lígia. É óbvio demais. Dutra não é burro e sabe que você botaria a boca no mundo. Veja, Lígia, Dutra é um homem inteligente. Conversaria com a filha, talvez a convidasse para assistir aos trabalhos do homem da vida dela. Poderia denunciar o rapaz à polícia, prendê-lo em flagrante... sei lá. Certamente ele já desconfiava do Maurício e, nesse caso, não iria interessar uma policial da sua qualidade. Pô, você tem fama de honesta!

— Obrigada, estou mesmo precisando de um elogio. Sinto-me completamente perdida no caso, ou, melhor, cheia de culpa.

— Posso ajudar. Tenho amigos na Seção de Roubo de Carros, vou perguntar pelo Maurício. Outra coisa:

lembra do delegado Jorge Abdala? Hoje é um dos cardeais da polícia de São Paulo. Direi que a mãe de Maurício me procurou... O coroa sente uma certa atração pela sua amiga aqui e me ajudará.

— Mais gente sabendo do caso, Su...

— O caso está nos jornais. Outra coisa, vamos chegar junto no sócio, Lígia? Eu vou com você. Dois contra um. Você sabe o endereço do tal sócio?

— Sei, mas tenho uma ideia melhor: se é para queimar o filme, peço pra Audrey marcar um encontro com ele.

— No fim da tarde, na Praça Silvio Romero. Depois você paga o chope. Às seis, perto da banca de revistas do Vítor.

Combinaram tudo e se separaram.

Às seis horas, a Praça Silvio Romero estava movimentada. Os alunos do Ascendino Reis passavam brincando; apressados, os bancários iam para casa; namorados beijavam-se nos bancos da praça. Lígia viu Fuca chegar despreocupado e sentar em um banco. Sueli colocou-se atrás dele e Lígia o abordou.

— Você é puxador, não é, seu palhaço?

— Ah!

Sueli encostou delicadamente o cano do revólver no pescoço dele. Fuca estremeceu, e as moças sentiram um cheiro desagradável.

— Fica sentado aí, seu boiola. Lembra daquele carro branco que você e seu amigo fizeram de manhã no mês passado? Você *guentou* o guardador e ele abriu. Era meu, você vai aprender a não roubar Policial Federal.

— Olha, moça, eu não sabia, desculpe.

— Onde você vendeu minha viatura, seu cretino? Tô perdendo o emprego por tua causa. Você me paga!

— Olha, moça, já desmancharam seu carro.

— Então você está mal, seu panaca. Dá o endereço do desmanche.

— É na Cidade Tiradentes, na avenida, perto do supermercado.

— O nome do dono?

— Brasinha, um cabeludo.

— E o seu parceiro, onde anda o Maurício?

— Não sei não, pô. O Maurício sumiu.

— Como sumiu? Você apagou ele? Fala, palhaço.

— Pô, moça, o Maurício é meu chapeta velho. Ele sumiu, não sei dele, mancou comigo.

— Ele foi fazer um lance?

— Acho que não, foi de noite, ele saiu da casa da *mina* dele e não chegou no *mocó* dele. Sumiu na noite. A mãe dele me conhece, fala com ela, o Maurício é meu irmão. Você não vai fazer isso comigo. Eu não apaguei ele, não.

— Depende de você. Por nós, tudo bem.

Atrás de Fuca, Sueli ainda não abrira a boca, mas os empurrões que ela dava com o cano da arma no pescoço do rapaz tinham a força de um discurso presidencial em dia de posse.

— Você tinha bronca do Maurício?

— Não tinha não, moça. Meu chapeta velho, amigo desde moleque. Não fui eu. Pergunta pra dona Elaine, não sou bandido, sou gente fina.

Lígia riu:

— Então quem foi?

— Eu não sei mesmo. Se soubesse, entregava; o Maurício é meu irmão.

— Quando sumiu, ele estava de moto?

— Acho que não, a moto tava quebrada.

— O Maurício queima, não é?

— De leve, um baseado ou outro.

— Onde compra?

— Aqui na praça mesmo.

— Fuca, você é um palhaço sem-vergonha. Nem foi pro pau e já entregou tudo. Levante bem devagar com as mãos para trás, isso. Nossa, que fedor!

Sueli algemara o rapaz. Uns pingos de urina chegaram ao chão. Lígia revistou Fuca e encontrou um revólver trinta e oito. Não cheirava a pólvora, porém estava carregado.

Lígia e Sueli entregaram Fuca no posto policial aos cuidados do sargento Sales. Sueli telefonou para a Delegacia de Carros Roubados, onde tinha um bom amigo. Fuca era um preso valioso; bem trabalhado, renderia muitos inquéritos. Os policiais viriam logo para recolhê-lo à carceragem.

Os policiais militares plantaram Fuca num canto, em pé. Parecia um aluno de castigo numa escola antiga.

Como se sujara nas calças, a imundície escorria pelas pernas e se juntava ao tênis. Um odor desagradável encheu o recinto do posto.

Se não o tivesse visto em ação roubando à mão armada, Lígia teria pena daquela figura. Era ridículo.

— Esses vagabundos novos — disse o sargento Sales — são assim mesmo. Muito machos de revólver na mão, mas na hora da queda se borram todos. Ô, vagabundo, vai se lavar no banheiro que aqui não é chiqueiro. Vou tirar suas algemas.

Lígia percebeu que o rapaz chorava.

— Sueli, você daria um tiro nesse cara?

— Naquela hora? Acho que não, não tenho essa coragem. Depois havia até crianças na praça. E esse tipo de idiota eu prenderia com um cortador de unha. Só no susto se borrou todo.

— Eu, então...

— Você é uma lutadora e dominaria a situação na porrada. No máximo torceria por você.

— Tá.

Fuca saiu do banheiro, muito sem graça, mas livre daquele cheiro terrível. O sargento o algemou novamente. Lígia o empurrou para um banco de cimento.

— Escute aqui, ô, palhaço, me conta direitinho a história do sumiço do Maurício. Você é o principal suspeito.

— Pelo amor de Deus, dona, o Maurício era meu irmão. Tô em busca dele.

— Fatos, cara, você foi o último sujeito a ver o Maurício. O que aconteceu naquela noite? Qual foi o lance?

— Dona, eu juro, não teve lance nenhum. O Maurício não apareceu, cansei de esperar, fui pra casa, achei que ele tinha dormido na casa da *mina*.

— Onde vocês marcaram?

— Por aí, no nosso pedaço. O cantão da praça, a Rua Serra de Bragança.

Lígia anotava palavra por palavra na agenda, até a hesitação de Fuca em marcar um lugar.

— Quem falou pra você que o Maurício tinha sumido?

— Ninguém falou. Dona Elaine veio procurar por ele, pensando que estivesse comigo. Eu falei que não, então ela foi procurar ele. Eu até ajudei, dei uma geral, falei com a Jane, a outra *mina* dele. Ninguém sabia de nada.

— Quem é a Jane?

— É uma *mina* do Maurício.

— Jane é um belo nome. O que ela faz na vida?

— Ela faz programas, mas é gente muito fina e gosta muito do Maurício.

"Meu pai do céu, o mundo está cheio de gente fina", pensou Lígia.

Então o Maurício tinha um caso com uma garota de programa enquanto namorava Audrey? Meu Deus, "o homem da minha vida".

— Ô, Fuca, como encontro essa Jane?

— Olha, dona, eu sei onde ela mora, é na Radial Leste, aquele prédio perto do viaduto Azevedo, eu levo a senhora lá.

— Tá legal.

Lígia não desconfiava de Fuca. O rapaz não parecia um assassino, afinava muito facilmente. Tinha uma personalidade fraca. O líder da dupla parecia ser o Maurício.

— Bom, Lígia, vamos ao Copo Cheio. Está na hora de Audrey Dutra estabelecer uma certa relação com a realidade.

— Eu também acho, só que falarei eu, sozinha, tá?

Vendo a cara e ouvindo a voz de Lígia, Sueli não discutiu.

— O caso continua seu. Eu apenas quis ajudar. E tenho algo para lhe contar.

— Obrigada, Sueli, você é realmente minha amiga.

— Você lembra do delegado Abdala? Pois ele foi procurado sabe por quem, por quem?

— Su, não estou para charmes. Fala logo.

— Armando Dutra.

— Você está tirando uma comigo!

— Armando Dutra procurou o delegado Jorge Abdala e denunciou sabe quem?

— Agora, Sueli, entendi tudo. Denunciou Maurício como ladrão de carros no Metrô.

— Exatamente! Que garota esperta. Denunciou e pediu providências, a prisão do ladrão imediatamente.

— E Abdala?

— Mandou seus perdigueiros atrás de Maurício, mas eles já não o encontraram. Ele sumira no ar.

— E se o encontrassem?

— Naturalmente deveriam prendê-lo.

— Sei, o velho Dutra encontrou uma solução diferente. Ao ver Maurício preso, talvez Audrey mudasse de ideia.

No Copo Cheio, Lígia foi direto para o banheiro. Queria estar só, pensar, entender. Em um dos sanitários, abaixou a tampa do vaso e sentou. Qual teria sido a intenção de Armando Dutra ao denunciar o namorado da filha?

Em uma bela manhã, abrir um jornal e gritar: "Meu Deus, Audrey, minha querida filhinha, seu namorado foi preso. Filha, você namora um ladrão de carros! E nós recebíamos esse rapaz aqui em casa!".

Sem dúvida era um plano melhor que matar Maurício Fontes e enterrá-lo nos alicerces de um prédio, inclusive custaria menos.

Fuca aparentemente não mentira. Parecia um bobão que virara bandido sem pensar muito. "Droga", pensou Lígia, "quanto mais investigo, mais difícil fica. Se não foi Dutra, quem é meu principal suspeito? O caso volta à estaca zero."

Na saída do banheiro, um rapaz se aproximou:

— Tudo bem? E seus quatro filhos?

Lígia riu, era o paquera de plantão; aliás, observava agora, era um rapaz bem-apessoado: cabelo bem preto, dentes brancos, forte e — agora podia notar — com uma voz linda, além de estar bem-vestido. Beijou-a no rosto, e um perfume bom chegou até ela. No rosto dele brilhava a juventude.

— Tudo bem, e você, como é mesmo seu nome?

— Adriano Martins.

— Adriano, vamos a um chope? Menti para você, por enquanto não tenho filho nenhum.

— Que feliz coincidência, eu também não tenho nenhum filho.

— Sente-se com a gente, estou com uma amiga.

— Que sorte! Eu também estou com um amigo!

Com um gesto, Adriano chamou um rapaz.

"Mas que pedaço de mau caminho", Lígia pensou, "parece o Brad Pitt." O tal rapaz era alto e forte, de cabelo alourado e olhos azuis. Apresentaram-se: o rapaz chamava-se Vinícius ("— Meu pai adorava literatura, chamou meu irmão de Érico por causa do escritor Érico Veríssimo"), e Lígia percebeu que acabara de conhecer o irmão mais jovem do Érico Alves, o deputado da região.

Sentaram-se os quatro numa mesa, e, pela cara de Sueli, Lígia adivinhou que a noite seria de grandes investigações e grandes descobertas.

11

Tem coisa melhor do que se espreguiçar? Certamente existiria, mas Lígia, de pijama, às dez horas da manhã, não lembrou de nada mais gostoso naquela hora.

Pensou logo na noite anterior. Menino bonito o Adriano Martins: alto, forte, cabelo muito preto e ondulado e trabalhava na televisão, era jornalista esportivo. O Anderson, que não perdia um "Mesa Redonda", devia conhecê-lo. E, além disso, beijava bem.

Não havia ninguém em casa. Dona Cida deixara a mesa posta, um copo de suco de laranja, um pedaço de mamão já sem sementes e casca e a jarra de leite no micro-ondas. "Que delicadeza da mamãe", pensou, comovida.

A moça misturou uma colher de chocolate ao leite e bebeu. Fazia um bom tempo que não passava uma manhã em casa. Desde que voltara de Nova York, passava os dias inteiros procurando o desaparecido Maurício Fontes.

Corria inutilmente, talvez porque corresse sem rumo.

Sentia agora que cometera algum erro. Julgara Armando Dutra assassino logo no início. Escondera, na imaginação dela, o cadáver no alicerce do prédio, e isso prejudicara o trabalho investigativo. Criara hipóteses sem apoio de fatos reais.

Às dez e meia, telefonou para Audrey, no celular.

— Oi, como vai?

— Oi, tudo bem, alguma notícia boa?

— Preciso conversar com você.

— Tudo bem, fale.

— Não por telefone, pessoalmente.

— Ah, você pode ir lá em casa. Meus pais estão em Portugal, voltam no domingo. Sem problemas, Lígia, tô falando. Depois das cinco, pois é o horário em que volto da aula de inglês.

— Estarei lá, um beijo.

Enquanto Lígia falava ao telefone, a mãe entrara com um carrinho de feira.

— Bom dia, filha, trouxe umas goiabas lindas pra você.

— Obrigada, mãe.

— Quer uma? Eu já lavo pra você.

Lígia aceitou sem vontade, só para ver a mãe feliz. Então, percebeu uma ideia que vinha rolando muito em sua cabeça. A mãe de Maurício assistia à televisão. Não era estranho? O filho sumido e a mãe aparentemente calma assistindo a programas femininos?

Hipóteses: a mãe de Maurício era muito burra e nem percebera o sumiço do filho ou não estava desesperada porque sabia que o filho estava bem.

"É mesmo, eu não tinha pensado nisso. Maurício pode estar vivo." E havia uma terceira possibilidade: a mãe de Maurício ser uma excelente atriz e desconfiar de Lígia por saber a atividade do filho, isto é, ficara na dela.

Uma coisa ficava muito clara: a mãe de Maurício não precisava dos serviços dela, Lígia.

— Oi, filha, você está com algum problema?

— Eu, mãe?

— Você está parada, falando sozinha com a goiaba na mão.

— Nada não, mãe.

— Faço umas costelinhas para o almoço?

— Não, eu faço as costelinhas pro almoço, a senhora será minha convidada.

— Tá bom, filha.

Lígia trocou o pijama por calça *jeans* e camiseta e desceu. Colocou as costelinhas de porco em água com sal para ferver. Enquanto ferviam, descascou batatas, cenouras, tomates e cebolas. Cozidas as costelinhas, Lígia temperou-as com limão e alho e colocou-as numa assadeira, cobrindo-as com as batatas, as cenouras, os tomates e as cebolas, que temperou com queijo parmesão, orégano e, espanholamente, com um filete de azeite de oliva.

Cozinhar acalmou-a. O caso Maurício tinha o poder de irritá-la. Sentia-se cúmplice por entregar o rapaz ao sogro. Nervosa, queria descobrir logo a verdade e se atrapalhava. Prosseguira com mais calma.

O almoço ficou delicioso. Anderson, irmão de Lígia, serviu-se duas vezes, dona Cida comeu pouco, mas elogiou muito. Lígia ficou com vontade de repetir.

Depois do almoço, deitada no quarto de barriga para cima, Lígia teve um pensamento curioso: Audrey também tinha mãe.

No fundo, Lígia aceitara o encontro no apartamento da família Dutra porque queria conhecer o imóvel, muito falado no bairro — a Gaiola de Ouro, segundo as más línguas —, onde habitavam os super-ricos do pedaço. Nessa altura do trabalho, as precauções em não ser vista junto com a menina Audrey não lhe pareciam mais tão importantes. O pai dela já não ocupava o posto de principal suspeito. Parecia natural que uma menina buscasse o namorado desaparecido.

Lígia vestiu roupas novas, compradas em Nova York, passou perfume francês, calçou o melhor sapato e partiu para o edifício Eça de Queiroz, a Gaiola de Ouro. Não queria destoar do ambiente.

Notou, na rua, homens fortões de coletes; estacionou com certa dificuldade e se anunciou no interfone.

Enfrentou o ritual da segurança: documento, fotografia, câmara de televisão e embarcou num elevador silencioso e firme como um cofre de banco. "Estes edifícios luxuosos são os castelos medievais do nosso tempo", pensou. "Têm fosso, muralhas, soldados." Quando o elevador parou no andar e a porta se abriu, Lígia viu Audrey emoldurada pelo batente da porta. Beijinhos. A menina cheirava a cigarro.

Lígia pisou com cuidado as lajes claras do piso cobertas por tapetes. A sala era luminosa pelas cores claras das portas, cortinas, cadeiras e sofás postos em torno de uma mesa baixa de vidro, e tudo isso era vigiado por um cão chinês de terracota que de tão bem-feito parecia vivo. Quanto custara aquele cachorro?

Audrey quis conversar no quarto dela. Cruzaram longos corredores com portas entalhadas e iluminação indireta. A menina abriu uma porta entalhada com as letras AD e entraram. "Meu Deus, é maior que o meu plantão", pensou Lígia, enquanto sentava numa poltrona de cetim cor-de-rosa e Audrey se recostava numa outra. O quarto cheirava a jasmim.

Um zoológico de bichinhos de pelúcia dormia nas prateleiras.

Lígia olhou para cima e se surpreendeu. Por uma abertura retangular, via-se o céu. Certamente algum mecanismo movia o vidro e Audrey adormecia sob as estrelas. A agente lutou contra o deslumbramento e tratou de concentrar-se na conversa.

Audrey pegou no frigobar dois refrigerantes. Lígia assumiu o papel de policial com certo esforço:

— Audrey, encontro grande dificuldade neste caso. Ninguém me informa sobre Maurício. A vida desse rapaz é um mistério: a mãe não fala nada, se finge de boba, você também não dá nenhuma informação aproveitável. Desse jeito não há policial que aguente, vou largar o caso.

Audrey arregalou os olhos e disse em tom dramático:

— Não, por favor, ele é o homem da minha vida.

— Então me dê informações sobre ele e venha comigo à casa dele para que a mãe colabore, pô. Pelo menos telefone para ela me ajudar.

— Eu vou e não escondi nada, o que eu sabia você sabe.

— Onde trabalha Maurício?

— Eu já lhe disse. Ele vende automóveis.

— Mas onde, Audrey? Em que empresa? Nome, endereço, telefone.

— Isso não sei, só o celular dele. Nunca achei importante. A gente se via todos os dias.

Lígia pensou em atacar duro, de frente, contando a Audrey a atividade de Maurício, a prisão do gente fina do Fuca e até o romance com a tal Jane, mas sentia medo de que a menina explodisse; ela não gostaria de enfrentar uma desequilibrada emocional. Lígia atacou pelas pontas:

— Audrey, fiquei muito preocupada, andei investigando Fuca e descobri coisas desagradáveis sobre as amizades de Maurício.

— O quê?

— Fuca rouba carros no Metrô. Foi preso e estava armado.

— Não acredito! — exclamou Audrey.

Pela expressão da menina, Lígia percebeu que ela estava surpresa e devia estar pensando: "Se Fuca rouba carros e Maurício trabalha com ele, logo...".

— Eu amo o Maurício.

Lígia entendeu que a menina queria se convencer da inocência do namorado. Audrey ficou quieta e sentou-se sobre a escrivaninha marrom antiga, digna de um grande escritor. Pensativa, acendeu um cigarro e acionou um controle. A parte do teto coberta por uma lâmina de cristal se moveu e uma fatia do céu ficou observável. A fumaça do cigarro saia pela abertura.

— Você quer comer?

— Você está me convidando para jantar, Audrey?

— Posso pedir uma *pizza*.

Lígia não sentia fome, mas queria ficar naquele quarto e entender algumas coisas.

Como Audrey fumava, Lígia afastou-se um pouco. O quarto era imenso. Além do verdadeiro zoológico de pelúcia, o estoque de uma loja de CD ocupava as estantes. Do lado oposto, armários de madeira nobre guardavam as "roupinhas" da menina. O quarto cheirava a cigarro, madeira e jasmim. Sobre um móvel, vidros de perfumes e potes de creme. Na vertical um espelho iluminado para facilitar a maquilagem. Um aparelho de som "atômico" ocupava meia parede.

Audrey falava ao telefone e Lígia pediu para ir ao banheiro.

Passando a porta havia uma verdadeira piscina de hidromassagem com vários potes de sabonete e sais de banho. Lígia usou o sanitário e enquanto lavava as mãos observava uma imensa coleção de perfumes, cremes, loções, nenhum produto nacional. Passou um hidratante nas mãos e voltou ao quarto.

A policial viu a mesa pronta para a refeição.

— Audrey, preciso de mais dinheiro para as despesas.

Rapidamente, a menina preencheu um cheque.

— Mil reais é demais, Audrey.

— Tudo bem. Ache o Maurício, depois a gente acerta.

Audrey retirou duas latas de cerveja do frigobar. Uma batida suave na porta e a *pizza* estava nas mãos da menina.

A *pizza* estava deliciosa. Dizem os entendidos que a *pizza* paulista pouco tem a ver com a napolitana. Esta que Lígia saboreava com prazer tinha a massa muito fina, coberta com um espesso molho de tomate e uma grossa camada de mussarela suave derretida e polvilhada de orégano. As bordas da massa estavam recheadas de queijo cremoso. Exagerada, Lígia comeu três pedaços. A garota mal provou a comida, mas esvaziou mais de uma lata de cerveja. Ao final da refeição, ofereceu um chocolate importado a Lígia:

— Lígia, você acha que o Maurício está vivo?

— Tenho certeza absoluta — mentiu a policial.

Lígia demorou ainda mais de uma hora. Foi uma longa conversa sobre o amor. Audrey chorou e Lígia consolou-a. Contou-lhe o romance com Juscelino e até os recentes amassos com Adriano. Audrey falou muito de Maurício, bom, carinhoso, amigo, tratava-a muito bem, enfim "o homem da minha vida". Depois do desabafo, a menina ficou mais alegre, relaxou a tensão.

Quando descia no elevador brilhante e silencioso, em aço polido, a policial teve a certeza de que Armando Dutra construíra o apartamento da família no céu, pois a morada dos Dutras pairava suspensa a uns quinhentos metros distante do Tatuapé, de São Paulo, do Brasil e da miserável realidade do mundo.

12

Num longo telefonema, Audrey conseguiu que dona Elaine, a mãe de Maurício, recebesse Lígia para dar informações sobre o filho. Aparentemente, os pedidos de Audrey valiam pouco. A senhora argumentou que não gostava da polícia: "Mas a senhora não quer o Maurício de volta?". Acabou por convencê-la.

Sabendo disso, Lígia subiu no carro com a disposição de quem vai ao hospital ou ao dentista. Percorreu novamente a Radial Leste e subiu o viaduto da Vila Matilde. Na frente da casa, separados pela escada, dois pedaços de jardim abandonados. "Acho que ela não gosta de flores", pensou Lígia de mau humor. A velha viatura esperava ainda por um colecionador.

O dia quente e abafado atacava os nervos da policial.

Bateu. A cachorrinha latiu. Dona Elaine apareceu e mandou-a entrar na mesma sala da outra vez.

Falaram sobre Audrey, o tempo, o trânsito, a vida, até que Lígia criou coragem e perguntou:

— A senhora sabia a verdadeira profissão do Maurício?

A mulher respondeu com um aceno de cabeça, como se dissesse sim.

— E quando ele saía para... um serviço, a senhora sabia?

Desta vez a resposta veio em voz baixa:

— Quando ele partia para um lance eu sabia de tudo, assim, qualquer coisa eu avisava o advogado, o doutor Roberto.

— E na ocasião em que ele desapareceu, ele saiu para um lance?

— Não, ele saiu da casa da namorada dele, só se pintou alguma moleza.

— Como assim? — perguntou Lígia.

— Um casal dando bobeira num carro quente, numa rua sossegada, trabalho fácil, chegar e levar.

— Então o Maurício assaltava à mão armada?

Dona Elaine admitiu com um gesto de cabeça.

Lígia se ajeitou na poltrona, as molas gemeram, a mãe de Maurício parecia outra mulher, fria e esperta.

— Dona Elaine, onde ele vendia os carros?

— Na Cidade Tiradentes, num desmanche de um tal de Brasinha.

— Maurício teve algum problema com esse Brasinha?

— Não, o Brasinha pagava legal. Moça, por que você me olha com essa cara? A gente tem que viver, pô!? Os de cima não *rouba* a gente? Vai me dizer que você nunca comeu bola?

Lígia não respondeu. Não podia brigar com a mãe de Maurício. A mulher continuou:

— Cê queria que meu filho trabalhasse num banco ganhando uma ninharia? Neste país quem trabalha só se ferra. Diz pra mim quanto você ganha liberando bagagem no aeroporto, diz?

— Dona Elaine, sou da Polícia Federal. Quem cuida da bagagem é a Receita Federal.

— É tudo a mesma droga. Diz pra mim que você nunca comeu na mão dos homens?

"Meu Deus, que mal eu fiz?", pensou Lígia, desesperada. "Por que tenho de aguentar isso? Calma, Lígia, calma."

— Dona Elaine, se eu falar que não, a senhora não acreditará, não é? Então vamos voltar ao que me trouxe aqui. A busca de seu filho Maurício.

— O meu filho está por aí, tudo bem.

— Como a senhora sabe?

— Ele já fez isso outras vezes e sempre voltou bem.

— E não disse onde esteve?

— Não.

— A senhora falou no advogado. Como é o nome completo dele?

— É o doutor Roberto Guerra. Você o conhece?

— Sim, dona Elaine, é um velho conhecido meu.

Lígia precisava dar uma boa olhada no quarto de Maurício, procurar pistas, mas o clima da conversa não a encorajava.

— Dona Elaine, a senhora sabia que o Maurício tinha outra namorada?

— Desconfiava, mas não me importo. Ele é homem... homem é tudo igual, nenhum presta.

— A senhora conhecia a outra?

— Nunca vi, falei por telefone.

— A senhora nunca se preocupou com a atividade do seu filho? Afinal, assaltar tem certos riscos.

— Claro que sim, moça, eu sou mãe. Você tem filhos? Não; então não sabe o que é preocupação, o que a gente faz por um filho.

— Isso eu posso entender. Posso ser franca com a senhora?

— Claro.

— Obrigada. A senhora não percebeu que estou do seu lado e do lado de seu filho?

— Você é da polícia!

— Mas estou trabalhando para ajudar seu filho.

— Como ajudou o Fuca? Você prendeu ele e a mãe dele está desesperada. Imagino o que ele está passando na cadeia, por sua culpa, moça.

— Culpa minha?! Mas ele roubava carros!

— E daí? As seguradoras têm muito dinheiro, são ricas. Como o Fuca ia viver?

Lígia, cada vez mais espantada, ouvia o que a mulher dizia. Aquela boa senhora era a verdadeira chefe da quadrilha. Nesta altura, Lígia não duvidava da participação dela nas atividades do "filhão".

— Obrigada, já vou indo. Só vou lhe dizer uma coisa que a senhora não vai acreditar. Nunca comi nas mãos dos homens. E vou lhe dizer por quê. Meus pais, seu Antônio e dona Cida, me criaram assim. Passe bem; quando encontrar seu filho, mando avisar.

Lígia saiu bufando. Finalmente entendera a mãe de Maurício. Ela pensava que Lígia estava atrás de Maurício para prendê-lo. Na cabecinha dela, o filho se escondeu porque aprontou alguma. "Imagina que estou a serviço da Federal..." Talvez Maurício fizesse um extra no ramo de transportes, principalmente ervas e "talcos".

Ao abrir o carro, Lígia percebeu que dona Elaine a observava pela janela. Que mulher maluca! Como todo sem-vergonha, julgava os outros por ela.

Talvez pela raiva que sentia, Lígia imaginou Elaine na mocidade trabalhando na prestação de serviços sexuais. Sentiu vontade de mostrar a língua para a mulher, mas conteve-se e subiu no carro com um estranho sorriso nos lábios.

13

Lígia passou a tarde agoniada; ao anoitecer, descobriria o que acontecera naqueles momentos em que o rapaz descia do apartamento de Armando Dutra pela última vez.

Para se acalmar, resolveu lavar o carro novinho, que ainda não estava pago e era um dos xodós da agente. Juntou balde, panos, sabão, botou um CD do U2 no aparelho de som e deu um trato no carro.

Estava só e o trabalho a acalmou. Depois de lavar bem o carro, Lígia passou uma camada de cera e deu brilho. Lembrou-se do pai, que costumava ser o "lavador" dos velhos carros da família. Quando ele era vivo, ela achava idiota ficar lavando carros; agora, gostava. Sentia falta de seu Antônio. Seria tão bom se ele estivesse ali! Dona Cida não falava nada, mas parecia um passarinho que perdera as asas. Havia pouco tinha ido a um centro espírita em busca de comunicação com o falecido marido, uma esperança que não a abandonava.

O pai ensinara Lígia a dirigir; era pacato. "Calma, filha, tira o pé devagarinho da fricção e acelera." Lígia errava, o carro dava um tranco e morria. "Calma, filha, respire fundo. Vamos de novo, tente." Nervosa, a então adolescente queria desistir, o pai dizia: "Filha, você é muito severa com a Lígia, ela é principiante".

Ela não julgava extraordinário o comportamento do pai. Só depois que ele morreu Lígia percebera que o pai possuía um extraordinário controle emocional. Seu Antônio precisava do carro para trabalhar, mas Lígia valia mais do que o carro, e ele dizia: "Calma, filha, vamos de novo. Pé na fricção". Audrey passava semana sem ver o pai e a mãe. Não seria essa ausência que a levara a namorar um cara como o Maurício?

Lígia tirou o carro da garagem e estacionou em frente à casa.

Antes do banho, a policial pedalou quarenta minutos na bicicleta ergométrica, depois levantou pesos; andava meio preguiçosa desde que voltara de Nova York. "Acho que vou para uma academia", pensava às vezes.

Dona Cida chegara desolada do centro espírita. Ainda não fora dessa vez que o marido se comunicara com ela. Contou a ida ao centro em todos os detalhes enquanto ralava cenoura para uma salada.

Lígia, nervosa, quase não comeu, para desespero de dona Cida: — Essa menina acaba doente. Não come nada!

A policial assistiu a um noticioso na televisão: um fiscal filmado com a mão no dinheiro do suborno, a distribuição de alimentos no Nordeste, um desastre de trem na Índia, os gols da rodada. O relógio parecia paralítico. Dona Cida instalou-se para assistir à novela das oito. Lígia vestiu uma saia longa e uma blusa fechada, passou um perfume comprado em Nova York e, por precaução, enfiou a pistola automática na bolsa. O carrinho limpo a levou até o bairro Jardim Anália Franco.

Pelo interfone, Lígia pediu para falar com Audrey.

Lá dentro, abordou o surpreso porteiro.

— Boa noite, como o senhor se chama?

— José Ferreira dos Santos.

— Seu José, sou da Polícia Federal e preciso lhe fazer umas perguntas.

As palavras de Lígia reforçadas pela exibição da carteira funcional assustaram o homem.

— Mais eu não fiz nada!

— É possível, mas o senhor precisa responder umas perguntas.

Lígia queria aproveitar o impacto da chegada e resolveu logo a questão:

— Seu José, o senhor conhece o Maurício, o namorado da mocinha da cobertura? A Audrey, filha do doutor Dutra?

— Um rapaz *arto*, fortão que anda de moto? *Faiz* tempo que não vem.

— Certo, seu José, o senhor lembra a última vez que ele esteve aqui?

— Acho que sim.

— Como ele estava?

— Acho que bem.

— Seu José, ele estava de carro, de moto ou a pé?

José Ferreira dos Santos lançou um olhar orgulhoso, puro orgulho profissional.

— Foi no dia 23, né?

Consultou o computador e respondeu:

— Naquela noite ele saiu com o carro da menina.

— O senhor tem certeza?

— Eu vi pela televisão e registrei a saída — disse o porteiro, apontando a tela do monitor da guarita com um gesto de cabeça.

"Mais uma surpresa", pensou Lígia. Audrey não passara a informação e Fuca dissera que o amigo estava a pé.

— Seu José, ele estava sozinho?

— Sim, só ele.

— Seu José Ferreira dos Santos, essa nossa conversa é assunto policial, secreto. Ninguém deve saber, o senhor ouviu bem? Com a Federal não se brinca. O senhor poderá ser indiciado.

— A senhora fique sossegada — respondeu, sem entender direito o que dizia aquela morena bonita.

Lígia então foi falar com os seguranças da rua e mais uma vez exibiu a carteira:

— Tudo bem, colega, você é da casa?
— Positivo.
— Tô precisando de uma informação. Na noite do dia 23 do mês passado, você viu algo de anormal no pedaço? Foi uma sexta-feira.
— Negativo, faz tempo que não tem ocorrência.
— Você estava de serviço?
— Positivo, aqui estava sossegado.
— Obrigada, colega, boa noite.
— Pra você também.

Lígia afastou-se pensativa, não esperava grandes revelações do segurança. O porteiro plantara-lhe uma granada na mente. Por que Audrey não dissera que Maurício saíra com o carro dela?

Saiu devagar com o carro, acenou para o segurança, que certamente pensou: "Você até que podia ficar aqui comigo".

Um carro importado com dois rapazes passou por ela. O motorista a xingou e Lígia percebeu que guiava distraída; prestou mais atenção no caminho e foi para casa.

Antes de acionar o controle para abrir o portão, examinou bem a rua e, abrindo a bolsa, deixou a arma ao alcance da mão, só então apertou o botão. Ufa, em que mundo estamos vivendo!

Não queria acordar ninguém, tirou as botas e subiu a escada no escuro:
— Filha! — exclamou a mãe.
— Boa noite, mãe.

Lígia fechou a porta do quarto e tirou a roupa, vestindo um pijama novo de seda chinesa. Com um algodão embebido em loção hidratante limpou a poluição de São Paulo do rosto e deitou. À luz da lâmpada de cabeceira, leu algumas páginas de um livro de Fernando

Sabino sobre Nova York e apagou a luz. Custou a adormecer. Por que Maurício sairia com o carro de Audrey?

14

O tráfego estava parado na longa avenida. Milhares de motores poluíam a atmosfera; dentro dos carros, milhares de seres nervosos, irritados logo no início do dia.

Um motoqueiro atravessara o farol vermelho e batera em um micro-ônibus e agora recebia os primeiros-socorros do Resgate do Corpo de Bombeiros. Na pista bairro—centro, passavam pelo desastre apenas dois carros por vez. Um inferno registrado pelos helicópteros da televisão.

Lígia ocupava a pista centro—bairro, que estava bem vazia, e só esperava a abertura dos faróis. Como Lígia não conhecia desmanches, convencera Serginho, um mecânico de carros importados, a acompanhá-la. Ele fizera uma lista de peças que fingiria comprar, para dar tempo a Lígia de observar o ambiente.

A Avenida Aricanduva penetra fundo na zona leste da cidade, e a moça se surpreendia com a ocupação daquele espaço. Passou por um grande centro comercial; sobre a avenida, bares, restaurantes, templos evangélicos que há pouco não existiam.

Depois que Lígia e Serginho saíram da avenida, as construções se espaçaram. Havia grandes áreas cobertas de capim, com algumas árvores e até criações de cavalos, porcos e vacas.

O desmanche ocupava um terreno imenso, uns cinquenta metros de frente pelo dobro de fundo. Pedaços grandes de automóveis velhos, caminhonetes e caminhões ocupavam boa parte desse espaço. Um barracão guardava

as peças mais leves e valiosas.

Enquanto Serginho pedia os componentes da lista, Lígia, com o ar mais inocente deste mundo, observava o lugar. Era uma "bagunça organizada". Em prateleiras bem rústicas, em caixas e mesmo no chão, milhares de peças esperavam compradores.

Homens de roupas bem sujas de graxa circulavam. Não vendo nenhum carro sendo desfeito, Lígia calculou que o serviço era executado em um dos muitos terrenos baldios da região.

No fundo do terreno, Lígia viu um escritório de alvenaria com um aparelho de ar-condicionado na janela. Veio-lhe à mente a ideia de ir até lá e dizer que era a namorada de Fuca e que ele fora preso. Ficou quieta.

O desmanche tinha muitos compradores. Homens de macacão e calças sujas de graxa levavam peças de veículos.

Lígia percebeu que um dos balconistas olhava para ela com admiração. Teve uma ideia:

— Oi, você tem máquina de levantar vidro alemã?

— Vou dar uma olhada.

Por sorte não tinha, e Lígia, com um sorriso cheio de promessas, deu-lhe o telefone para que telefonasse para ela assim que tivesse a peça.

Lançou-lhe um olhar sedutor e voltou para o carro caprichando no rebolado. Sérgio reapareceu e partiram.

— Quase tudo aí é roubado, não é?

— Claro — respondeu o mecânico. — Brasinha compra automóveis batidos para ter algumas notas fiscais e se justificar, mas a massa é roubo. Vende mais barato e as pessoas compram.

— E elas, por sua vez, são roubadas.

— Como assim, Lígia?

— Se ninguém comprasse, não existiria o desmanche.

— Já perdi freguês por não trabalhar com peça usada. Já perdi freguês por não comprar afanos. O pessoal só quer saber do preço da peça. É a mania de levar vantagem sem lembrar das consequências.

— E, com isso, alimentam a indústria do roubo da qual eles ou suas famílias são vítimas.

— E se julgam superespertos — acrescentou Serginho, que não perguntou pela ação da policial por delicadeza.

Agora, Lígia pensava em pressionar Audrey. Era a primeira vez que, neste caso, alguém caía em contradição. A palavra contradição trouxe-lhe à mente o velho mestre Carlos Leão: "O trabalho policial, principalmente a investigação, é sempre um labirinto. O policial anda perdido até que encontra um caminho, abre uma porta e resolve o caso". Estaria a porta aberta com a mentira de Audrey?

Depois de deixar Serginho na mecânica dele, Lígia dirigiu-se para a porta do Colégio Einstein.

Custou a encontrar uma vaga. Aproximava-se a saída da turma da manhã e muitas mães esperavam os filhos ou dentro dos carros luxuosos ou em grupinhos, na calçada.

Lígia estacionou longe da porta da escola e andou até lá, observando as mães dos alunos. Algumas desfilavam roupas e joias para as amigas, outras, sentadas dentro dos carros, ouviam música, ignorando o perigo dos assaltos. A policial comoveu-se com o reencontro das crianças pequenas com suas mães: beijos, olhos brilhantes, mãos dadas, tudo bonito. "Puxa vida, tem mulher da minha idade que já tem filho na escola e eu aqui combatendo o crime, sozinha. Tomarei providências."

Audrey apareceu num grupo barulhento de meninos e meninas.

Lígia preparou um tratamento de choque:

— Oi, Audrey, vim entregar o caso. Não posso trabalhar para quem me esconde informações.

A menina empalideceu.

— O que eu fiz?

— Você não me contou que Maurício estava com seu carro quando sumiu.

— Mas ele não saiu com meu carro!

— Saiu, sim.

— Não, a chave estava na minha bolsa.

Lígia parou: "Acho que cheguei a um caminho", pensou.

— Há outra chave?

— Claro, fica guardada em casa.

— Quem estava em casa quando o Maurício saiu?

— Eu, minha mãe, papai e a Edna, nossa auxiliar.

— Sei. Você desceu com Maurício até a garagem?

— Não, acho que nem fui até o elevador, não me sentia bem, cólicas terríveis.

— Certo, Audrey, acredito em você. Quem é a Edna?

Audrey explicou que a Edna era um tipo de secretária da mãe. Pagava contas, fazia compras, apanhava o Felipe no colégio, ajudava-o nas lições e até acompanhava a mãe em viagens. Tinha um quarto na casa. Estudara Educação Física e trabalhava há um tempão com eles. Era amiga da mãe desde solteira.

A mente de Lígia registrou essas informações, mas, quando a menina se foi, a policial teve uma ideia que poderia abrir a porta do caso, isto se o porteiro não estivesse errado.

15

Quando Lígia era menina, uma fábrica de rádios ocupava o terreno em que agora Armando Dutra erguia um conjunto de edifícios cujos nomes homenageavam três poetas portugueses: Fernando Pessoa, Antônio Nobre e Luís de Camões. Agora, do terreno chegava uma infernal coleção de sons: martelos pneumáticos, serras, marretas. Pobres vizinhos!

De um pequeno bar em frente à obra, Lígia pensava em como explorar aquele território desconhecido onde possivelmente jazia o cadáver de Maurício, talvez enterrado bem fundo e coberto de concreto.

Tanto o balconista, um nordestino bonito, como o dono do bar, um português sem bigode, revelaram vivo interesse pela presença de Lígia no bar. Moça alta, morena cor de jambo, vestindo um *jeans*, a policial chamava a atenção.

Lígia pagou o suco e atravessou a rua. Um senhor de certa idade saíra da obra e ela resolveu tentar a sorte:

— Bom dia, como o senhor se chama?

— Mané — respondeu, surpreso.

— Seu Mané, preciso da sua ajuda.

— Se der. De que a moça carece?

— O senhor conhece os guardas da noite?

Diante da expressão de dúvida do seu Mané, Lígia inventou:

— É que um deles namorou minha empregada e ela...

— Embuchou?

— Isso mesmo, embuchou.

— Olhe, os guardas *véios* voltaram pra terra deles. *Os novo* é Luciano e Claudinei.

— Como se chamavam os velhos, seu Mané?

— Cevivaldo e Severino.

— E quanto tempo faz que eles se foram?

— Mais ou menos um *meis*.

— Obrigada, acho que a Raimunda não vai gostar disso.

— De nada, moça.

Se Lígia fosse um jogador profissional sairia correndo para a torcida. Gol, um golaço! A ideia de Lígia se confirmara: Audrey foi para o quarto e Maurício, embora. Alguém, possivelmente a mãe dela, diz: "Você me faz um favor? Leve o carro da Audrey até o terreno". Maurício estava mesmo sem condução e no começo da madrugada os guardas já o esperavam e o mataram. Não faltaram lugares para esconder o corpo. No dia seguinte, a mãe deve ter ido buscar o carro quando Audrey, já viúva de namorado, voltava da escola. A obra continuou. Cevivaldo e Severino receberam um bom dinheiro e sumiram do pedaço. Crime quase perfeito se a filha não acionasse Lígia.

A moça riu sozinha, caminhando pela rua. Tudo bem, encontrara uma boa explicação para o sumiço de Maurício; porém, como provar que estava certa, capturar os assassinos já distantes e fazê-los delatar o mandante do crime? Porque Lígia buscava o mandante do crime. Era orgulho profissional.

As obras prosseguiram e toneladas de concreto supostamente cobriram o cadáver do rapaz.

Mas restava Audrey. Como ela reagiria ao ouvir a história das descobertas de Lígia? A policial andava devagar, alheia ao mundo, pensamentos concentrados.

E se por uma dessas estranhas coincidências que acontecem todos os dias os dois guardas da obra tivessem voltado para ajudar na colheita do sítio?

Nem tinha certeza de quem dera a chave reserva para Maurício. Folgado como ele só, poderia ter afanado a chave por conta própria e saído com o carro para aprontar mil e umas, até mesmo profissionalmente. Talvez a própria Audrey emprestasse o carro ao namorado — não seria a primeira vez — e agora se "esquecesse" do fato para se proteger.

Lígia sentou num banco da praça. Lembrou-se novamente do velho mestre Leão: "Concentrem-se nos fatos, leiam os fatos, eles têm várias leituras".

Bom, se Maurício levou o carro até o terreno, o carro não voltou sozinho. Alguém trouxera o carro de volta. Lígia olhou o relógio: 11h45. Nessa hora, Audrey estaria saindo do colégio. Discou para o celular da menina:

— Oi, sou eu, você pode falar?

— Tudo bem, estou sozinha.

— Queria conversar com você.

— Pode falar.

— Pessoalmente.

— Ah, você está aqui perto?

— Sim, podemos almoçar juntas.

— Legal, onde?

— Na Fernão Tavares há um bom restaurante, no 132. Quem chegar antes, espera.

Audrey mal provou a comida, quis fumar, mas ali não podia.

— Audrey, na noite em que o Maurício desapareceu quem estava na tua casa?

— Eu, minha mãe, papai e a Edna. Já disso isso a você...

— No dia seguinte, Audrey, o seu carro estava na sua casa?

— Sim, claro.

— Estava batido, sujo, havia algo diferente nele?

— Acho que não.

Lígia desviou a conversa para Maurício: a roupa dele, o dinheiro, como se sentia, outras amizades dele. Audrey respondia com tristeza e acabou com os olhos vermelhos.

"Meu Deus", pensou Lígia, "será que esse cara merece tanto amor?" Não informou à menina que Maurício dificilmente estaria vivo. Faltou-lhe coragem para revelar o resultado das investigações e mesmo a história da tal Jane, a outra que fazia programas.

— Olha, Audrey, estou fazendo o possível para encontrar o Maurício. Se ele estiver no Brasil, eu o encontrarei.

— Obrigada.

Lígia pegou na mão da menina e apertou.

"Como eu gostaria de estar enganada", pensou a policial, também comovida.

Logo que saiu do restaurante, Audrey acendeu um cigarro. Deixou um cheiro desagradável no carro da agente, que a levou para casa.

Lígia deixou Audrey na porta do edifício e estacionou na mesma rua. Resolvera esperar a tal Edna por algum tempo. Eram 13h35, talvez uma boa hora para alguém sair para os trabalhos da tarde.

Teve sorte: em dez minutos, uma perua pequena e branca deixava o edifício com uma mulher na direção. Lígia seguiu-a e logo percebeu que a dama guiava mal. Seguiu-a até o estacionamento de um supermercado. Era uma mulher de meia-idade, de cabelos curtos pintados de loiro, a blusa e saia azuis cobriam um corpo atraente e firme. Parecia uma executiva, combinando o sapato com a bolsa marrom.

Lígia entrou também e resolveu conversar com ela dentro do estabelecimento.

— Boa tarde, a senhora é a dona Edna?

A mulher voltou-se surpresa.

— Você me conhece?

— Conheço, sim, e preciso de uma gentileza sua. Não se assuste, sou da Polícia Federal, posso mostrar a carteira se quiser, e precisava apenas lhe perguntar uma coisa.

— Gostaria, sim, de ver seu documento.

Lígia puxou a vistosa carteira com as armas da República em metal brilhante. Impressionou.

Edna examinou bem, conferiu a fotografia com o original diante dela e disse:

— Pois não, o que você quer?

— Alguns colegas meus filmaram o automóvel PSM2456 numa transação com drogas, verificamos a informação e o automóvel pertence à família Dutra, para quem a senhora trabalha.

— É verdade.

— Mas não se preocupe. A família Dutra está acima de qualquer suspeita. O motorista era Maurício Fontes, que, aliás, está desaparecido. Queríamos saber como ele usava o veículo. Se a senhora puder ajudar...

Edna relaxou, os músculos da face se soltaram.

— Posso sim, com prazer. Maurício Fontes é amigo da filha do doutor Dutra. Muitas vezes, a filha de dona Valéria emprestava o carro ao rapaz. Deve ser isso.

— A senhora se recorda se no dia 23 de abril, quando Maurício desapareceu, ele estava com o carro?

Edna abriu a bolsa e sacou uma agenda de couro preto:

— Creio que sim — respondeu, meio nervosa.

Então, Lígia disse com a maior inocência de que era capaz:

— E onde ele deixou o carro?

Sem perceber a importância do que respondia, Edna logo disse:

— Numa construção do doutor Dutra. Eu mesma apanhei o carro no dia seguinte, pela manhã. Na agenda, era minha primeira obrigação do dia.

— Era o que eu pensava. Ainda bem que não incomodamos ninguém. O delegado queria interpelar judicialmente. A senhora já imaginou?

— Ainda bem, mas como você me conhece?

— Já vi a senhora tantas vezes apanhando o Felipe no colégio. Também sou do bairro. Agradeço muito sua colaboração.

— Você é mesmo da Polícia Federal?

Lígia mostrou-lhe novamente a carteira e depois se afastou. Já que estava lá, fez umas comprinhas.

Lígia estava eufórica. Na cabeça dela o caso estava resolvido: Audrey tranca-se no quarto. Maurício está indo embora. A sogra ou o sogro lhe oferece o carro para ir até a praça: "Depois você deixa na construção".

Tudo bem. Na construção, os vigias o matam e escondem o corpo num buraco. No dia seguinte, Edna vai buscar o carro no terreno. O corpo já está bem enterrado. Quando Audrey procura o carro, ele está na garagem. Crime quase perfeito.

No caixa, Lígia e Edna trocaram um olhar.

Ao ler o olhar da mulher, Lígia pensou, enquanto guardava o troco: "Fiz a maior burrada da minha vida".

Quando a policial já estava no estacionamento, o celular tocou:

— Alô, Lígia?

— Oi, Su, tudo bem?

— Você está sentada, amiga?

— Estou no estacionamento do mercado, mas pode falar.

— É uma fofoca policial amorosa que vai arrepiar você.

— Pô, Su, fala logo.

— Tudo bem, Lígia. Hoje foi dia de visita na delegacia, e você sabe quem veio visitar o Fuca?

— Maurício Fontes?

— Errou por pouco; dona Elaine Fontes.

— E daí, Sueli, qual é o espanto?

— Você sabe que o doutor Emílio é muito liberal, ele acha que visita íntima acalma a cadeia.

— Não, Sueli, não é o que estou pensando!

— É sim.

— Meu Deus — disse Lígia, abismada.

— Dona Elaine trouxe umas sacolinhas, bateu um papo com Fuca e entrou na fila do amor. Ocupou o reservado por uns quarenta minutos. Meu ganso* contou tudo. Fiquei alucinada e liguei para você.

— Obrigada, depois a gente se fala.

Sentou-se no carro e lá ficou. Então, dona Elaine era amante do amigo e sócio do filho no roubo de carros e outros crimes? Possivelmente a chefe da quadrilha: "Pô, o filho e o amante. Como diria Audrey: gente finíssima, seres humanos da maior qualidade".

Lígia acionou o celular:

— Su, sou eu, já assimilei a notícia, que coroa gulosa! Su, puxe no computador a ficha dessa senhora — Elaine Fontes. Um beijo.

Ligou o carro e foi para casa pensando com todos os neurônios em Elaine Fontes. Aquela mulher era um mistério. Sabia que o filho roubava e o ajudava. Pedia auxílio ao sargento Agenor para encontrar o filho, mas não cooperava com ela, Lígia. Fazia visitas íntimas ao Fuca; logo, raciocinou Lígia, Elaine tem certeza de que Fuca não matou Maurício.

O motorista de trás buzinou várias vezes e Lígia cruzou o sinal. Em casa, deixou os pacotes na cozinha e trancou-se no quarto.

Deitada na cama, de pernas para cima, pensou em Audrey. Aquela pobre criança envolvida com uma quadri-

* Na gíria policial, ganso significa informante.

lha de bandidos enquanto os pais corriam atrás de dinheiro e mais dinheiro. Que conselhos daria Elaine a Maurício sobre o namoro? Namorar Audrey não seria talvez o grande golpe daquela quadrilha?

Depois o pensamento de Lígia voltou-se para Edna. A mulher não era boba; Lígia a apanhara de surpresa e ela entregara a informação sem perceber bem o alcance do seu ato. Mas Lígia juraria que naquele momento Edna estaria pensando freneticamente na conversa que tivera com a moça da Polícia Federal e tirando suas próprias conclusões. E quando percebesse a intenção de Lígia, contaria sua versão da conversa aos patrões, reservando-se um papel positivo na história.

Um novo nome surgira na lista de suspeitos: Valéria Dutra.

Se a hipótese da policial estivesse correta, finalmente ela descobrira o verdadeiro adversário.

E o que Lígia sabia da mãe de Audrey?

Passara de secretária à esposa do patrão. Aparentemente acompanhava sempre o marido e não dava atenção aos filhos.

Na mente de Lígia, apareceu aquela cena clássica dos filmes de guerra: na escuridão da noite, o soldado solitário segurando uma arma à espera do inimigo que surgirá por entre as árvores, antes, muito antes, do amanhecer.

16

Desde que iniciara a carreira policial investigando o sequestro de Antônio Machado*, era a primeira vez que

* Antônio Machado: personagem do livro *Uma Janela para o Crime*.

Lígia estava na defensiva e esperava que o suspeito desse o próximo passo. A policial sentia-se mal, e amigos e familiares atribuíam à tensão pré-menstrual o permanente mau humor da moça.

Assim que chegava em casa, Lígia perguntava: "Alguém ligou e não falou? Ligaram pra mim? Tem algum recado?". Uma semana depois da conversa com Edna, dona Cida respondeu à filha que várias vezes o telefone tocara e ninguém falara. O irmão tirou-lhe um barato:

— Você está namorando um mudinho, mana?

— Melhor um mudinho que um idiota como você! — respondeu-lhe, nervosa.

"Chegou a hora", pensou Lígia, e preparou-se.

Na manhã seguinte, Lígia tomava café quando o telefone tocou:

— Alô, Lígia falando.

A agente ouviu um clique. Logo imaginou que receberia visitas. Poderia ser um visitante ou dois. Vestiu um robe de seda preto com dragões dourados e sentou-se no sofá da sala. Logo ouviu um carro parar e a campainha tocar. Através do vidro viu uma mulher.

— Mãe, mande entrar, por favor.

— Oi, meu nome é Valéria Dutra, sou a mãe de Audrey. Como vai você?

— Vou bem e a senhora como está? Sente-se, por favor. Aguardava sua visita já há alguns dias.

A mulher recebeu o golpe em silêncio.

Valéria Dutra ainda era uma bela mulher: olhos azuis, cabelos pintados de louro, pele muito lisa e branca, nariz pequeno e boca um pouco grande formavam um rosto bonito e luminoso. O corpo engordara um pouco, mas ainda em boa forma, torneado: pernas longas e busto farto mostravam por que Armando Dutra transformara a secretária em segunda esposa.

Vestia uma calça justa e uma camisa de seda creme, combinando com a blusa e o sapato. Nas orelhas, no pescoço e nas mãos brilhavam joias e diamantes. Um relógio de ouro completava o visual. Vestira-se para impressionar.

— Você é filha do seu Antônio Negrim?

A voz era bonita e a pronúncia, clara.

— Sou.

— Como o mundo é pequeno! Trabalhei com seu pai na fábrica de móveis Munhoz.

— Faz muito tempo isso — respondeu Lígia.

— Eu era menina. Foi meu primeiro emprego.

Enquanto conversavam, Valéria e Lígia se estudavam. Era a falsa calma que antecede as tempestades. Passaram por vários assuntos: o progresso do bairro, as empregadas, a novela das oito, fofocas sobre artistas de televisão.

Quando falaram sobre o tempo, Valéria criou coragem:

— Audrey contratou você para encontrar o Maurício. Essa menina não tem o mínimo juízo. Meu marido falou com vários delegados, inclusive o doutor Jorge Abdala. Estamos fazendo o possível, desconfio de que Maurício esteja nos Estados Unidos. Ele não tem juízo. O melhor para minha filha é terminar esse namorico. É melhor sofrer alguns dias do que casar mal.

— É, dona Valéria, trabalhei muito, mas nada descobri de concreto.

— Mas, mesmo assim, você gastou seu tempo, combustível, enfim, fez seu trabalho, e estou aqui para pagá-la. Quanto lhe devo?

Abriu a bolsa e Lígia lembrou-se do mesmo gesto de Audrey, no mesmo lugar. Tal mãe, tal filha.

— Dona Valéria, a senhora não me deve nada. O trabalho não acabou. Ainda não encontrei o Maurício.

Tenho pistas, mas nada de concreto. Além do mais, foi Audrey que me contratou; não trabalho para a senhora.

— Menina...

— Meu nome é Lígia. Lígia Negrim.

— Lígia, minha filha é menor de idade, não pode contratar ninguém. Você é da Polícia Federal, não pode fazer bico. É uma questão legal; nós conhecemos gente importante. Para que vamos discutir?

— Dona Valéria, na verdade, ajudei sua filha mais por solidariedade. O pouco dinheiro que recebi foi gasto nas diligências, tenho até notas. Depois, meu trato é com ela. Nunca trabalhei para a senhora.

— Meu marido tem até um recibo.

— Desculpe, mas não estou entendendo. Sua filha me pede auxílio, dou; a senhora vem à minha casa me ameaçar. Eu nada fiz contra sua filha ou contra a senhora, apenas combinei com Audrey de encontrar o homem da vida dela.

— Acho que estamos diante de um mal-entendido. Não ameaço você com nada, vim aqui amigavelmente acertar as contas da minha filha menor de idade.

— Certo, mas eu tenho uma obrigação com a Audrey.

— Qual?

— Encontrar o namorado dela. Assim o caso se encerra concretamente. Eu até esqueci que ela era menor; ela dirige, tem conta bancária, goza de toda a liberdade. Meu trato foi com ela e só ela pode desfazê-lo.

— Audrey viajou com a escola para Miami. Escute aqui: nossa família tem muitos negócios importantes, não queremos escândalos. Maurício não era exatamente meu sonho de genro. Há coisas na vida dele que na boca da imprensa trariam prejuízos à imagem da firma, da nossa empresa.

Valéria fez uma pausa para criar suspense e abriu a bolsa. Tirou um pacote e ofereceu-o a Lígia, que não pegou.

— Isto é pra você. Vamos esquecer essa questão toda. Vamos, pegue. São dólares. A vida continua.

— Não para o Maurício, a senhora sabe...

— Menina, vamos esquecer esse caso infeliz. Há no pacote trinta mil dólares. É o que tínhamos no cofre. Pra semana, arranjo mais. Dinheiro não é o problema.

— Dona Valéria, saia já, agora. É a sua última oportunidade. Se não sair já eu prendo a senhora por tentativa de suborno a um funcionário público; prendo e algemo. Os dólares serão as provas.

Nos belos olhos azuis de Valéria Dutra apareceu uma expressão de espanto. Levantou-se, lançou um olhar carregado de ódio, apanhou o pacote, a bolsa e, antes de sair, disse:

— Você não sabe bem com quem está se metendo. Quem você pensa que é? A filha de um vendedor de portas? Bela porcaria. O que você ganha por mês eu dou de gorjeta. Vamos ver quem pode mais. Aposto que você acaba na Amazônia na fronteira com, com...

— Se a senhora não me respeita, respeite meu falecido pai. Ele não namorava o patrão como a senhora.

— Sua...

Lígia riu bem alto, uma gargalhada legítima, cheia de alegria nervosa, mas alegria.

Valéria saiu batendo a porta. Dona Cida, que ouvia da cozinha, apareceu:

— Quem é essa louca? O que está acontecendo aqui?

— Calma, mãe, calma. Não aconteceu nada, mas acontecerá.

Lígia foi até a estante e desligou o gravador e a câmera.

— Um dia, quando tudo terminar, eu lhe conto a história.

— Mas essa mulher ameaçou você; ela que não se atreva, eu, eu...

— Você me defende, mãe, eu sei. Vamos nos acalmar, mãe, tomar esse café. Talvez essa mulher ainda trabalhe para o marido.

Dona Cida seguira a tradição brasileira e fizera café para a visita.

Ao contrário do que dissera Valéria, Lígia sabia com quem estava lidando. Um ou dois assassinos frios, capazes de mandar um rapaz de vinte e um anos ao encontro da morte com voz suave: "Você me faz um favor, Maurício, leve o carro da Audrey até a obra...". Eram também pessoas obcecadas pelo dinheiro e pela posição social, capazes de abandonar completamente uma menina como Audrey. Lígia sabia com quem lidava, mas não temia essa gente.

O que fariam a seguir? Mexeriam os pauzinhos para afastá-la de São Paulo? Era difícil numa democracia. Mandariam matá-la? Mais provável. Dois ou três idiotas fingindo um assalto. E ela, o que faria? Resolveu falar com o delegado Hélio Garcia. Lígia sabia que ele tinha grande simpatia por ela. Se o velho delegado a ajudasse, o plano dela seria bem-sucedido. Garcia protegia o pessoal dele como a polícia fazia antigamente. Era corporativista, no bom sentido, segundo ele próprio.

Lígia sentiu que uma extraordinária energia a invadia. Quem Valéria pensava que era? A dona do mundo? Pois ela, Lígia Negrim, filha de seu Antônio, um vendedor de móveis e imóveis, iria enfiá-la na cadeia.

Os escritores não dedicam livros a pessoas queridas? Pois bem, ela dedicaria a prisão de Valéria Dutra ao velho Negrim, como uma obra de arte: "Ao meu pai".

Aquela perua não perdia por esperar. Ela é que não sabia com quem estava lidando.

17

Lígia aprendera que há milhões e milhões de anos os humanos viviam nas árvores como os macacos, até que uma forte mudança no clima obrigara os humanos a descerem ao chão das planícies, onde eles se tornaram presa fácil para fortes carnívoros, como lobos, porcos e hienas.

Lígia sentia-se agora caça de uma hiena chamada Valéria Dutra. Uma mulher cheia de ódio e dinheiro, capaz de matar outra vez... O alvo principal naturalmente era ela, mas dona Cida e Anderson não estavam livres do perigo. Mesmo sendo policial, não gostava de armas nem de tiros; carregava sempre uma arma regulamentar, trinta e oito, cinco tiros, e, convencida por Edu, comprara uma pistola automática de dezesseis tiros. As duas armas estavam, agora, na gaveta ao lado da cama.

Em casa, sentia-se protegida. Valéria mandaria dois ou três peões simularem um assalto quando Lígia estivesse na rua... Todos os dias jornais, rádios e canais de televisão repetiam a notícia: "Policial assassinado em assalto". Matar policiais transformara-se em moda entre os bandidos; aumentava o *status* profissional. "Pixoxó matou três PMs." E o bandido Pixoxó tornava-se respeitado entre os colegas. Havia até bandidos que faziam uma tatuagem para cada policial que assassinavam.

Na cadeia, matadores de policiais mereciam o respeito dos colegas e não sofriam os constrangimentos aos quais presos por delitos menores estavam submetidos.

Lígia colocou os neurônios em funcionamento. Precisava informar tudo a uma pessoa de confiança, deixar um arquivo vivo.

Telefonou para Sueli contando a visita de Valéria Dutra. A amiga ouviu a história toda e disse:

— Vou à sua casa.

Chegou logo, com uma malinha, pedindo a dona Cida para dormir ali porque o apartamento dela fora dedetizado. Dona Cida ficou toda feliz. Adorava Sueli.

No quarto de Lígia, as duas concordaram que o momento mais perigoso seria a saída de casa.

Resolveram telefonar para o Edu, colega de trabalho, e explicar o caso: Lígia estava ameaçada.

— Deixe comigo, Lígia, combino com o Sales e a gente passa na sua casa e leva você. Tudo bem. O Sales leva a doze*.

Além dessas providências, Lígia e Sueli combinaram uma última atitude: discaram para o apartamento dos Dutras.

— Alô, dona Valéria Dutra, por favor. Não está? Tudo bem. Quem fala? Preste bem atenção, dona Edna, aqui quem fala é uma amiga da Lígia, também sou policial. Quero deixar um recado à boa Valéria: se qualquer coisa acontecer à Lígia, até um raio, uma inundação, um desabamento, nós saberemos quem foi o responsável pelo fato... A senhora entendeu bem, dona Edna? Obrigada. Ah, isso vale até para o cachorro da Lígia. Até logo.

— Lígia, acho que o problema está resolvido.

— Eu também.

No dia seguinte, às cinco e meia da manhã, Edu estacionou um sedã na porta da casa de Lígia. No banco de trás, Sales empenhava uma imensa carabina negra. Da janela do quarto, Sueli, de arma em punho, vigiava o pedaço. Sentindo-se ridícula, Lígia saiu com a bolsa aberta

* Doze: espingarda de grosso calibre.

e o trinta e oito dentro dela.

A rua estava deserta e no caminho para o aeroporto ninguém os seguiu. Nos faróis, Edu acionava a sirena e passava direto.

— Olha, gente, vocês me desculpem o incômodo. Pensei que o caso era mais grave. Acho que tive um chilique.

— Ah, Lígia, não há incômodo nenhum. Aqui, neste trabalho, dependemos uns dos outros. Em matéria de segurança pessoal não existem limites, amiga, só se morre uma vez, só se tem uma vida.

No aeroporto, renderam a equipe de plantão. Lígia, antes de descer para a recepção dos passageiros, consumiu um café com leite e um pão de queijo, não havia comido nada em casa, e depois tomou seu posto no guichê para carimbar passaportes de estrangeiros que chegavam para visitar ou trabalhar no Brasil. Com a globalização da economia, um grande número de especialistas vinha trabalhar no Brasil. Lígia atendeu voo após voo, até que, lá pelas onze horas da manhã, os voos internacionais cessaram. Eles cruzavam os oceanos durante a noite e chegavam ao aeroporto de Cumbica pela manhã, gerando um acúmulo de trabalho para os policiais federais.

Então, Lígia subiu e procurou o delegado Garcia. Soube que o chefe não viria naquele dia porque fora a Taubaté chefiando uma escolta a uma comissão de parlamentares que visitava a prisão de segurança máxima daquela cidade, de onde recentemente vários traficantes haviam sido recolhidos.

Lígia descansou um pouco, depois almoçou no bandejão da construtora responsável pelas obras de expansão do aeroporto. Comida boa e barata, valorizada pela atenção que Lígia despertava nos frequentadores do local.

A policial serviu-se de feijão, arroz, bife e salada, além de uma gelatina para a sobremesa. Edu, encantado, contava as gracinhas dos filhos. Lígia, que dormira mal, só ouvia.

Depois do almoço dormitou um pouco no alojamento. Haveria um voo para Portugal às 15 horas, e Lígia foi para o guichê de saída.

Sentada na desconfortável cadeira, foi conferindo os passaportes. De súbito, leu num documento: Valéria Dutra. Olhou para a passageira. Era ela, sorrindo para Lígia com todos os dentes. Lígia devolveu-lhe o passaporte e Valéria disse:

— Obrigada, tchauzinho, meu bem.

Lígia dividiu-se em duas. A real continuou atendendo os outros passageiros; a imaginária pulou o vidro do guichê e atirou-se com fúria sobre Valéria Dutra estrangulando-a ali mesmo.

Quando o último passageiro embarcou, Lígia avisou o Edu e foi ao banheiro, onde passou por uma crise de choro: "Que ódio!". Aquela perua assassina escapava assim, na cara dela, e ainda se divertia exibindo o poder. Por ter dinheiro, aquela cretina julgava-se acima da lei. Lígia sentia uma raiva profunda. "Será que os maus sempre se dão bem nesta vida?" Mas, ao acalmar-se, Lígia lembrou-se de que Valéria Dutra estava sujeita à extradição*. O caso complicava. Teria ela dupla cidadania?

Lígia lavou bem o rosto, refrescou bem os olhos com água, assoou várias vezes o nariz e saiu.

Lá fora, os colegas estavam preocupados:

— Mas, Lígia, o que aconteceu?

— Nada, nada. Vi, na fila, uma pessoa muito parecida com meu pai e me senti mal.

---

* Extraditar: ato de enviar um criminoso de volta ao país onde cometeu o crime.

PASSPORT

Mais uma vez os colegas atribuíram à tensão pré-menstrual o comportamento de Lígia, mas calaram-se.

Depois, tomando um café com Edu, pessoa de confiança, Lígia relatou o episódio:

— Ora, minha cara Lígia, uma pessoa com o seu notável saber jurídico não se preocuparia com isso. Extradição é a palavra-chave, ex-tra-di-ção.

— É mesmo, fiquei nervosa na hora. Se for provado que dona Valéria Dutra é culpada, ela será extraditada.

Seria mesmo?

18

— Como vai, Lígia? Há quanto tempo! Depois de velho virei guarda-costas de políticos. Os deputados visitaram a cadeia para interrogarem os presos. A imprensa acompanhou-os, sempre algum voto a mais aparece. Nada como a exposição na mídia para melhorar a carreira de político. O trabalho só aumenta.

O delegado Hélio Garcia era um homem baixo e gordo, ligeiramente careca. Vestia terno com uma gravata fora de moda. O sotaque sibilante indicava o carioca.

— Bem, doutor, e o senhor, como está?

— Esperando a aposentadoria, minha filha; ainda bem que você trouxe um pouco de beleza a esta delegacia. É sempre a mesma coisa: roubo de malas, tráfico de drogas, prostituição. Ninguém mata ninguém aqui, um tédio... Ai que vontade de investigar um bom assassinato!

— O senhor sempre brincalhão, doutor...

— Falo sério, minha filha. Mas o que você quer?

Procurando ser breve, Lígia contou desde o trabalho inicial com Armando Dutra até a oferta de Valéria Dutra, mencionando também Audrey. Garcia ouviu tamborilando os dedos na mesa, às vezes balançava a cabeça. No final do relato, o delegado perguntou:

— Se te conheço bem, você tem algum plano diabólico, uma daquelas vinganças de espanhola...

— É, doutor, tenho sim: dentro da Operação Macaxeira*, a Polícia Federal prende Cevivaldo e Severino, os executores. Imagino que eles estejam gastando bem. Presos como suspeitos, eles confessam e delatam o mandante do crime.

— Menina! A Federal respeita os direitos humanos.

— Doutor, a confissão aconteceria pela habilidade do interrogador... Na Polícia Federal só trabalham pessoas inteligentes.

Garcia riu e agradeceu o elogio.

— Tudo bem, e depois?

— A informação chega à imprensa de Ilhéus.

— Grande Lígia, fato consumado. A Polícia Federal entrega os dois pistoleiros à Civil. No aeroporto, a televisão acompanha o embarque; a reportagem passa em São Paulo.

— Os Dutra negam tudo. Eu exibo minha fita.

— Fita?

— Gravei tudo em vídeo.

— Como assim?

— Eu já esperava a visita de dona Valéria. Gente assim está acostumada a comprar tudo e todos. Botei a câmera na estante e liguei quando ela chegou. A visita dela era esperada e foi até anunciada.

— E você deu-lhe um belo chapéu.

— É, doutor, estamos bem preparados, e vença quem jogar melhor.

---

* Operação Macaxeira: ação da Polícia Federal no Nordeste para destruir plantação de maconha.

— Se a televisão mostrar a fita em que você recusa o dinheiro, será o máximo. Você poderá ser eleita deputada federal. O Ministro da Justiça ficará orgulhoso.

— Não levo jeito para política.

— A maioria dos políticos também não, veja os resultados. Muito bem, vamos trabalhar. Levantarei a identidade dos dois pistoleiros no Ministério do Trabalho; houve uma homologação no mês passado. Deixe comigo, Lígia. Vou botar pra quebrar. Preciso mesmo de um pouco de ação. Não se preocupe, a Interpol* encontrará dona Valéria Dutra na Europa. Em último caso, eu me sacrifico e vou buscá-la em Paris, em Lisboa, seja onde for.

— Obrigada, doutor.

— Outra coisa, Lígia: finja-se de morta, não faça nada; possivelmente Valéria mandará seguir você; não assuste o adversário. Não chame a atenção e não marque bobeira. Ande armada e com munição de sobra. Como anda sua pontaria?

— Não tão bem quanto a sua.

Garcia era um atirador notável, vencera competições internacionais de tiro. Lígia aprendera a atirar na Escola Nacional de Polícia.

A agente agradeceu muito ao delegado e despediu-se.

Garcia acompanhou-a até a porta e observou Lígia enquanto ela cruzava o saguão do aeroporto. "Que moça formidável", pensou o delegado, "se eu tivesse trinta anos menos... Ainda bem que ela apareceu com esse caso para me distrair. Esse pessoal que tem dinheiro pensa o quê?"

Garcia era um dos delegados mais antigos da Federal, conhecia praticamente todo mundo na casa. Lembrou-se de que o delegado Elias fora seu aluno num curso de tiro

---

* Interpol: Polícia Internacional.

e trabalhava agora em Ilhéus. Apanhou o telefone:

— Alô, por favor, o delegado Elias.

— Quem deseja?

— Hélio Garcia, de São Paulo.

— Um momento, por favor.

— Mas que prazer, doutor Garcia. Há quanto tempo! Que manda?

— O prazer é meu. Preciso de um favor seu.

— Mande, é um prazer atender meu mestre de tiro.

— É um assunto delicado, Elias. Desconfio, veja bem, desconfio de que dois suspeitos do assassinato do filho de um amigo meu estão em Arataca.

— É aqui perto, doutor.

— Então, Elias, eu queria que você recolhesse os caras e conversasse com eles. Arranje uma desculpa: tráfico, a Operação Macaxeira, qualquer coisa. Eles estarão torrando a grana do crime. Aqui em São Paulo, trabalharam como guardas de obras. Parece que mataram o filho do meu amigo e jogaram o corpo no alicerce de um espigão. Parece crime encomendado. Consiga autorização judicial.

— Doutor, deixe comigo. Estamos ajudando a CPI da Pistolagem, a presidente é aqui do Nordeste, a deputada Salete Silva, uma fera, e nos dará todo apoio. O juiz daqui, o doutor Cotrim, é gente fina.

— Maravilha, Elias, vou te mandar por fax as fichas dos pintas-bravas, um Severino e um tal de Cevivaldo, coisa assim.

— Tudo bem, conte com a gente.

Conversaram mais um pouco. Garcia brincou com o colega, que levava um vidão em Ilhéus: morenas, muita praia, pouco trabalho. Elias lembrou-se do curso em Brasília, bons tempos aqueles. Despediram-se com promessas de encontro.

Em seguida, Garcia ligou para a Delegacia do Trabalho para levantar a ficha dos dois guardas de obra. Prometeram para o dia seguinte.

Nisso, chegaram dois agentes do plantão com uma mulher jovem. Era uma portuguesa que carregava, no fundo falso da mala, cocaína, quatro quilos de cocaína boliviana pura.

"Bem, de volta à realidade", pensou Garcia, começando a lavrar o flagrante, enquanto a moça portuguesa chorava e se lamentava com forte sotaque lisboeta: "Deus meu, que será de mim?"

19

"Esses velhos delegados pensam que a gente não tem nada o que fazer. Com esse calor infernal, me manda até Arataca, sem ordem de missão, desentocar dois pistoleiros." Levar chumbo em Arataca era a coisa mais fácil do mundo. "Mas também, como negar ao velho Garcia um favor? Além de ser boa-praça, era influente com os homens. Até o rei da Espanha o condecorara com a ordem de Santo Arnaldo, por escoltá-lo na visita ao Brasil."

Por ofício, solicitou ao juiz da comarca, Doutor Carlos Cotrim, que lhe fornecesse um mandado de prisão, no âmbito das investigações da CPI.

Chamou seu melhor agente, o nissei Hugo Morimoto, e fez planos para o dia seguinte.

Nascido e criado em Itabuna, o delegado Elias conhecia profundamente o sul da Bahia, onde se localizava a pequena cidade de Arataca. Sabia que a presença de uma equipe da Polícia Federal chamaria a atenção geral e espantaria os suspeitos. Em Arataca, era impossível um estranho passar despercebido. Além disso, nessa região, não seria surpresa se os policiais fossem recebidos à bala pelos suspeitos e pelos amigos destes.

Mesmo a investigação apresentava grandes dificuldades, pois o pessoal da região não confiava em forasteiros e, negando informações, avisariam aos investigados, que, por sua vez, cairiam no mundo.

Sendo assim, Elias "transformou-se" em agricultor e Hugo Morimoto, seu principal auxiliar, em fazendeiro paranaense em busca de terras férteis para plantar café, longe da geada. Vestidos de *jeans* e camisa e com um chapéu de palha, ficaram bem disfarçados. Juntos fariam as investigações necessárias e depois chamariam reforço para efetuarem as prisões.

Estabelecido o plano, Elias e Morimoto deixaram Ilhéus pela manhã, tomando a estrada para Arataca. Os policiais viajavam no carro do delegado, com ar-condicionado; a velha viatura branca da Polícia Federal não combinava com o disfarce deles. Qualquer bandidinho veria no acabamento pobre, nos pneus finos e na antena grossa uma viatura policial.

A viagem de oitenta e oito quilômetros seria rápida não fosse o estado miserável da pista. Grandes buracos, "costelas de vaca", valas, acostamento tomado pela vegetação obrigavam o delegado a diminuir a marcha com frequência. Às margens da estrada, até onde os olhos alcançavam, grandes plantações, ora de seringueiras ora de café, enchiam os olhos de verde. As apodrecidas placas de sinalização mostravam furos de balas. O carro dos policiais ultrapassava caminhões grandes e carregados.

Depois de uma hora de viagem pela estrada asfaltada, os policiais pararam numa barraca de frutas para beberem água. Elias acabou comendo uma porção de jaca. Morimoto, que nunca comera tal fruta, experimentou e gostou. Foi um momento feliz da viagem.

Chegaram a Arataca e se hospedaram no único hotel da cidade, o Dias Pereira, instalado numa velha casa assobradada localizada na Praça Antônio Carlos Magalhães.

Na ficha de registro do hotel, os policiais colocaram seus nomes verdadeiros, mas o campo destinado à profissão preencheram com "agricultores". Logo iniciaram uma conversa com dona Telma, uma das proprietárias do hotel; estavam ali em busca de terras para comprar, queriam plantar café, fugiam das geadas do Paraná e do sul de Minas; onde já possuíam propriedades. O sul da Bahia prometia bons frutos.

Dona Telma não se fez de rogada; tinham vindo ao lugar certo. Desde que a vassoura-de-bruxa acabara com o cacau, Arataca plantava café muito bom; ainda havia pouco, dois rapazes da terra, retornando de São Paulo, tinham comprado um pedaço da fazenda Bantiba para plantar café. Além disso, os técnicos da Embrapa* haviam criado uma planta de cacau resistente à praga; com isso, o cacau voltaria à época de ouro.

Os policiais disfarçaram o real objetivo da viagem perguntando o nome de um bom corretor de imóveis. Dona Telma indicou Antônio Alves, antigo dono do hotel; fora ele quem vendera as terras ao Severino e ao Cevivaldo. Morimoto, então, perguntou se seria difícil falar com os compradores da terra para trocarem uma ideia sobre preço.

Dona Telma, interessada em ajudar seus hóspedes, respondeu que nada era mais fácil: os dois costumavam jantar no hotel quase todas as noites. Eram gente fina mesmo.

---

* Embrapa: empresa de pesquisa agrícola pertencente ao Governo Federal.

"Devem estar solteiros", pensavam o delegado Elias e a dona do hotel.

Fazia muito calor e, terminada a conversa, os policiais subiram para o quarto, onde tomaram banho. Depois, desceram para almoçar: feijão, arroz, farofa e bife.

Qualquer outro policial esperaria a hora do jantar, prenderia Severino e Cevivaldo, colocaria os dois algemados no banco de trás do carro e voltaria a Ilhéus. Qualquer outro, não o doutor Elias. Ele sabia de muitos colegas que tinham agido com precipitação e morrido. Esperavam prender um "pé de chinelo" e eram recebidos pelo fogo de armas automáticas. Pensando assim, o doutor Elias, pelo telefone, convocou cinco agentes em duas viaturas para que estivessem em Arataca ao cair da tarde. Combinou com eles um plano de ação a ser executado no Hotel Dias Pereira e, para manter a cobertura, procurou o corretor de imóveis na imobiliária.

Seu Antônio Alves fumava um cigarrinho de palha. Homem bem alto e forte, moreno, de bigode, recebeu os compradores de fazenda com cordialidade. Certamente dona Telma avisara da visita deles porque o corretor foi logo falando das maravilhas do café em Arataca, do preço baixo das terras; tinha um filé para vender, quinze alqueires da antiga fazenda Bantiba, uma joia. Hugo Morimoto conduzia a conversa, fazia perguntas: água, tipo de terra, melhorias, afinal era filho de agricultores. Podiam ver as terras? "Mas, claro."

Num carro velho, coberto de pó, Antônio Alves levou-os, aos solavancos, por uma estrada de terra:

— Aqui era só cacau, arrancaram tudo, mas o cacau voltará, se Deus permitir.

Algumas cabras e vacas se alimentavam do capim que cobria a terra, casebres se elevavam do chão, cães latindo desesperadamente acompanhavam o carro. A vida parecia difícil em Arataca. O doutor Elias descia para abrir e fechar porteiras. Depois de vinte minutos de viagem, Antônio Alves anunciou:

— É aqui.

Desceram. Morimoto apanhou um punhado de terra, perguntou sobre a água e as benfeitorias, preço e número de alqueires; parecia mesmo entender do assunto. Casualmente falou na vizinhança: — Gente boa — respondeu Antônio Alves. Os limites da propriedade estavam bem demarcados, não haveria problema com a vizinhança. Havia pouco vendera dez alqueires a dois rapazes, a documentação estava em ordem, tudo bem, iam longe os tempos de Jorge Amado, de lutas mortais pela posse da terra descritas nos livros do escritor baiano recentemente falecido.

Voltaram por outra estrada para conhecerem mais propriedades. Sério, Hugo Morimoto fazia anotações em um caderno, mandava parar, descia do carro. "Está no sangue", pensou Elias. Morimoto descendia de muitas gerações de camponeses.

De volta a Arataca, os dois policiais combinaram com o corretor uma visita para o dia seguinte e ficaram no hotel, gastando o tempo. O delegado trouxera um livro policial, *Informações sobre a vítima de Joaquim Nogueira*, que o distraía muito. Com o passar do tempo os policiais se enervaram com a ociosidade.

Cevivaldo e Severino resistiriam? Viriam jantar no hotel? Seria terrível buscá-los nas terras deles na calada da noite. Várias vezes Elias atribuiu em pensamento palavras terríveis ao velho Garcia.

Os policiais tomaram banho, verificaram as armas e se instalaram na sala de estar do hotel; um olho no livro, outro na portaria.

Por volta das oito horas, Elias e Morimoto viram

entrar, rumo à recepção do hotel, um homem alto e outro baixo vestindo calças *jeans* e camisa polo. Nas mãos, uma pequena bolsa.

Cumprimentaram a proprietária e ficaram conversando.

"Estão com armas nas bolsas", pensaram os policiais.

"Se a equipe chegar agora, será difícil. Se houver reação, a mulher ficará na linha de tiro", pensou Morimoto. Trocou um olhar com o delegado e saiu do hotel para esperar os colegas.

Neste momento, o celular do delegado tocou:

— Doutor Elias, acabamos de chegar, estamos na praça.

— Oi, meu amor, estou aqui sozinho, no hotel, morrendo de saudade.

— Certo, doutor, o Mori já está aqui com a gente.

— Querida, eu vou jantar agora com o Morimoto; durante o jantar não esquecerei de você. Um beijo na pontinha do nariz.

— Certo, doutor, o Mori volta e em dez minutos a gente entra quente.

— Certo. Outro pra você.

A sala não era grande, e o delegado Elias certamente fora ouvido pelos dois homens, ele falara alto.

"Nunca se sabe o que um japonês está pensando, é sempre a mesma cara!", pensou o delegado ao ver o agente de volta. "É uma vantagem danada!"

— Vamos jantar, seu Morimoto?

— Sim, dou..., sim...

Escolheram uma mesa de modo a formar um triângulo com a porta e a mesa dos dois homens, que agora tomavam uma cerveja e comiam mandioca frita.

O garçom anotou o pedido dos policiais: dois bifes com fritas.

Nisso, o grupo de policiais recém-chegado entrou no restaurante. Elias e Mori se levantaram, armas na mão:

— Polícia. Mãos na cabeça!

Quando Cevivaldo e Severino perceberam, estavam cercados de homens armados que gritavam. Logo estavam algemados. A revista revelou uma faca peixeira e uma garrucha:

— Vocês estão presos pela Polícia Federal como suspeitos de pistolagem. Serão levados a Ilhéus para interrogatório, temos mandado judicial.

Os presos, paralisados pelo susto, abaixaram a cabeça e foram levados para fora do hotel, onde três soldados de arma na mão esperavam o grupo.

— O que tá acontecendo aqui? — perguntou o sargento de arma na mão.

O delegado Elias se destacou:

— Boa noite, sargento. Sou o delegado Elias da Polícia Federal, aqui está meu documento. Prendi dois suspeitos de pistolagem, tenho mandado judicial.

O sargento, na pouca luz da praça, percebeu o brilho do distintivo e abaixou o revólver; os soldados o acompanharam.

— O senhor desculpe, me avisaram que estavam assaltando o hotel. Vim com a tropa toda.

— Não, sargento, nós estamos prendendo dois suspeitos por ordem da CPI da Pistolagem.

— Tudo bem, sem problema. Conte com a gente.

De repente, um dos presos se dirigiu a um dos soldados:

— Toinho, avisa a mãe que me *prendero*.

O soldado respondeu com gesto afirmativo.

O grupo embarcou de volta nas três viaturas, os presos na do meio, partindo em seguida. Elias mandou que Morimoto dirigisse na velocidade limite sinalizada na estrada. “Algum daqueles panacas pode ter ideias.”

Era exatamente por essa razão que Morimoto gostava de trabalhar com o delegado Elias. O homem fazia as coisas certas. Outro não convocaria a segunda equipe, não algemaria os presos imediatamente. Quem esperaria que o irmão de Severino fosse policial e estivesse na porta, armado com um velho fuzil do século passado, mas capaz de matar a um quilômetro de distância?

Elias estava preocupado. Esquecera de fechar a conta do hotel. Seria a primeira coisa a fazer na manhã seguinte. Cuidava da imagem da Polícia Federal. Morimoto, rapaz solteiro, pensava na dona do Hotel Dias Pereira, dona Telma.

A viagem transcorreu sem novidades. Na delegacia de Ilhéus, os presos foram registrados e depois encarcerados um longe do outro para pensarem na vida.

Elias foi para casa, onde a mulher e o filho o esperavam para jantar. Encantado, Elias Jr. ouviu as aventuras do pai. Aos oito anos, julgava o pai um herói. Quando crescesse, adivinhe que profissão escolheria?

20

A sede da Polícia Federal em Ilhéus era um antigo casarão construído por um velho fazendeiro dos tempos dourados do cacau. No porão de teto alto típico da época, ficavam as celas.

Severino já dormira em lugares piores. Um balde, um colchonete e frases escritas na parede compunham a decoração do local. Depois de algum tempo, Severino sentiu fome e sede. Chamou pelo “pulicia” e se explicou. Logo apareceu um preso de cabelo branco trazendo um marmitex frio e uma garrafa de plástico cheia de água quase morna. O velho pediu cigarro e Severino deu-lhe três, restaram-lhe cinco no maço.

Comeu e bebeu, urinou no balde e usou o resto da água para refrescar a cabeça. Usou o papel higiênico como toalha. Tirou a camisa e acomodou-se no colchonete. Seria uma longa noite. Severino desconhecia o significado de CPI da Pistolagem, mas sabia que fora preso pelo serviço de São Paulo... recordou-se do rapaz buzinando no portão da obra. Eles abriram, e quando o rapaz desceu, levou uma marretada na cabeça. Cabra safado que abusava da filha dos patrões, gente tão boa! Um cabra abusado como aquele não merecia viver. Levar a menina ao cemitério, dar drogas, tomar dinheiro dela... roubar coisas da casa do patrão; não merecia mesmo. O presunto estava fundo, quem o acharia? O negócio era fechar a boca... e Cevi?

Severino fumou todos os cigarros e não dormiu.

Cevivaldo também não dormiu. Passou pela mesma rotina do colega, mas sentia medo; se pudesse falar com Severino... não sabia o que fazer; "De repente, os *homê prendero* eu mais ele". Alguém o ajudaria. Se a patroa soubesse...

No dia seguinte cedo, os dois foram levados até o delegado.

Severino era um homem pequeno e magro. Usava o cabelo crespo curto; estava queimado de sol. Quando abriu a boca, o delegado Elias notou que lhe faltava um dente da frente. Evitava o olhar do delegado olhando para baixo ou para o lado:

— Nome e idade.

— Severino de Jesus Silva, vinte e oito anos.

— Qual é sua profissão, seu Severino?

— *Trabaio* de pedreiro.

— Mas não em Arataca.

— Aqui eu *trabaio* na fazenda.

— A terra é sua, seu Severino?

— De eu mais Cevivaldo.

— De onde veio o dinheiro para comprar a terra?

Severino estremeceu, abaixou ainda mais a cabeça. Elias quase via o cérebro do rapaz procurando uma resposta.

— Seu Severino, não ouvi sua resposta.

— *Nóis ganhô* na loteria.

— Que sorte a de vocês, seu Severino. O senhor me lembra aquele deputado que ganhava toda semana na loteria. Então não há problema, o senhor tem os documentos da Caixa Econômica?

Em uma história em quadrinhos apareceria um balão com nuvens sobre a cabeça do acusado. Severino sofria uma tempestade mental.

— Acorde, Severino, onde estão os documentos? A Caixa Econômica não lhe forneceu documentos? Certamente, você assinou recibos.

— Eu perdi.

— Foi muito azar, Severino, sem os documentos podem pensar que você roubou esse dinheiro. Fica difícil de acreditar que você ganhou na loteria.

— Eu não sou ladrão — disse Severino, com orgulho na voz.

— Pior, Severino, podem acusar você de matar um rapaz lá na obra onde você trabalhava, em São Paulo. Já encontramos o corpo, logo depois do sumiço do rapaz, vocês vieram para cá de bolso cheio.

— Não fui eu. *Num* matei ninguém.

— Mas você é o maior suspeito, ficou rico de repente e estava lá na hora do crime.

Neste instante, depois de uma breve batida na porta, Morimoto anunciou:

— Doutor, tudo bem, o outro já confessou.

— Bom, Mori, o que ele disse?

— Que foi o Severino, ele só assistiu. Na hora teve medo de participar.

— Mentira! — gritou Severino — *Foi nóis* dois.

— Um dos dois mente, seu Severino.

— Ele também *furô* o *rapaiz*.

— Bom, seu Severino, nada como a verdade dos fatos. Então vocês dois mataram o rapaz?

Severino abaixou a cabeça perdido, relembrando a cena.

O rapaz buzinou e Cevivaldo abriu o portão. O carro entrou e eles apontaram para o fundo do terreno. Quando o moço desceu, Cevivaldo deu-lhe uma marretada na cabeça, o moço caiu e tentou levantar, então eles dois lhe deram várias facadas. Depois, tiraram a carteira e jogaram o corpo num buraco, cobrindo-o com massa de cimento, já preparada no caminhão.

— Então — perguntou novamente o delegado — vocês mataram o rapaz?

— Foi — respondeu Severino.

O doutor Elias chamou o escrivão, que redigiu uma confissão a qual Severino de Jesus Silva assinou com dificuldade. Morimoto o trancou na cela do fundo e voltou para a sala do delegado:

— Doutor, o grandão é durão, não abriu o bico.

— Seu Morimoto, agora isso já não tem importância, já atendi meu amigo Garcia, aliás, vou falar com ele.

O delegado consultou a agenda eletrônica e discou uma longa série de números. Relatou os acontecimentos ao amigo, ouviu grandes elogios e votos de felicidades. Despediram-se. Garcia tomaria as providências.

Em seguida, Elias discou para Jair Rodrigues, um dos jornalistas da emissora de televisão local.

DOR

— Jair, como vai? Você quer um furo de reportagem de repercussão nacional? Eu sabia. Em uma investigação da CPI da Pistolagem, apanhamos, por acaso, dois sujeitos em Arataca que apagaram um rapaz em São Paulo. O que me chamou a atenção foi que eles ganharam uma nota preta, muito acima da tabela, é, compraram uma fazenda. Devem ter apagado alguém importante, o mandante do crime é certamente caixa alta que não conhece a tabela. Ora, por quê? Porque sou teu amigo, pombas. Naturalmente, não posso aparecer como fonte.

— Você é realmente um cara esperto...

A cabeça de Jair Rodrigues trabalhava depressa. Eis aí uma bela oportunidade para mostrar serviço e voltar a Salvador, com um salário melhor.

— Doutor, em que lugar de Arataca?

— No hotel, Jair, telefone para lá: 33050295.

— Só isso, doutor?

— Não é pouco, Jair. Informação exclusiva. Coisa de irmão!

— Obrigado, doutor.

Jair nem pousou o telefone. Ligou para o hotel e falou com dona Telma. Usando a palavra mágica "televisão", conseguiu um relato do que acontecera e o número de Antônio Alves.

Sem pousar o telefone mais uma vez, discou para a imobiliária do Antônio Alves. Com certa dificuldade, ouviu o corretor dizer que os policiais se faziam passar por compradores de fazenda. Jair insistiu em saber o preço das terras compradas pelos pistoleiros, mas seu Antônio não disse.

Com as informações obtidas, Jair escreveu a pauta, chamou o câmera e foi para a porta da Polícia Federal.

A câmera mostrou um plano geral do prédio, destacou a placa Polícia Federal e focou o jornalista:

— Boa tarde, estamos diante da sede da Polícia Federal de Ilhéus onde estão presos dois pistoleiros suspeitos de terem executado várias pessoas em São Paulo: os pistoleiros de nome Cevivaldo e Severino, com o produto das execuções, teriam comprado uma fazenda no vizinho município de Arataca. Com a prisão desses dois meliantes, alguns crimes misteriosos ocorridos em São Paulo serão resolvidos. A Polícia Federal não deu informações, mas imagina-se que as prisões relacionam-se com a CPI da Pistolagem de Ilhéus. Jair Rodrigues para o Nosso Jornal.

Ao editar a matéria, Jair acrescentou algumas cenas de arquivo da Praça Antônio Carlos Magalhães em Arataca em que aparecia o Hotel Dias Pereira. Satisfeito, telefonou para o chefe de jornalismo em Salvador:

— Leandro, aqui é Jair Rodrigues, de Ilhéus. Descobri que a Polícia Federal prendeu dois pistoleiros que agiam em São Paulo e compraram umas terras com dinheiro da pistolagem. O mandante do crime é caixa alta, gente da alta sociedade, que aparece na revista *Faces*, matéria quente.

— É coisa da CPI? Certo, Jair, mande a matéria. Encaixo com uma reportagem da CPI em Brasília.

Ao assistir à matéria de Ilhéus, Leandro decidiu incluí-la no principal noticiário do dia com a manchete: CRIME POR ATACADO!

Em São Paulo, o delegado Garcia telefonara ao velho amigo Jorge Abdala, delegado antigo da Polícia Civil:

— Tenho um filé à baiana para você, o caso daquele rapaz que desapareceu no Tatuapé, o Maurício Fontes. O Elias, nosso delegado em Ilhéus, prendeu por acaso os dois assassinos em Arataca, no sul do estado, é só buscá-los.

O velho delegado pousou o telefone. Sua mente treinada durante trinta anos de investigação tratou de organizar aquela confusão toda.

Primeiro lance: Armando Dutra o procurara para denunciar um certo Maurício Fontes como puxador de carros agindo no Metrô Tatuapé. Dissera que o rapaz lhe roubara um toca-CD. Depois, a escrivã Sueli pedira um favor por razões humanitárias: alguém sabia de Maurício Fontes? Ele desaparecera, e a mãe, desesperada, o procurava.

Ele acionara seus perdigueiros sem nenhum resultado concreto. Depois, a própria Sueli prendera um puxador, parceiro do tal Maurício Fontes. Era um bobão, novato, e assinara uma dúzia de inquéritos, mas nada sabia de Maurício Fontes. Finalmente, o velho amigo Hélio Garcia entregara a ele, em uma bandeja, à maneira dos garçons, os assassinos do tal Maurício Fontes presos por acaso no interior da Bahia.

Como é que um sujeito preso por acaso no interior da Bahia confessa um crime cometido em São Paulo? Não tinha lógica. Ninguém se entrega de graça.

Abdala pensou que nesse caso todos mentiam: Dutra, Sueli, Hélio Garcia... Mas ele, Abdala, não gostava de enganos. Chamou Sueli à sala dele:

— Dona Sueli, essa história de Maurício Fontes está mal contada. Sente-se aí e diga-me tudo, mas tudo mesmo o que a senhora sabe. Vamos comparar nossas informações.

Sueli sentiu uma imensa fraqueza nas pernas. O delegado, além de chefe dela, era esperto e experiente, mas, afinal, ela não errara nem infringira a lei.

— Olha, doutor Abdala, o senhor me desculpe, foi só uma pequena mentira.

— Qual delas, dona Sueli?

— Uma só, doutor Abdala, e inocente. Não foi a mãe de Maurício Fontes quem me pediu informações sobre ele, mas uma amiga...

— Quem?

— A Lígia Negrim, da Federal... O senhor a conhece.

— E por que Lígia se interessava por esse tal Maurício?

— É uma longa história, doutor.

— Que você resumirá, Sueli...

— Lígia procurava Maurício por conta da namorada dele, Audrey Dutra, filha do...

— Armando Dutra — completou o delegado. Entendo. Sua amiga fazia um extra e eu a ajudava sem saber.

— Desculpe, doutor, e foi ela que entregou o amigo do Maurício, aquele que assinou vários inquéritos.

— Certo, dona Sueli, uma mão lava a outra. Só não gostei de que a senhora me ocultasse informações. Eu colaboro com a Federal sem problema. A senhora pode ir.

Sueli, aliviada, saiu rápido.

Sozinho, o delegado colocou a mente em funcionamento: "Armando Dutra, homem rico e poderoso, é o personagem principal deste caso. A filha dele namorava um bandidinho pé de chinelo. Por isso, ele me avisa que Maurício Fontes é ladrão. Maurício preso, filha desiludida ou, então... Ou, então, ele apagou o rapaz e me avisou para criar um álibi, confundir as coisas. Maurício sumiu porque a polícia estava atrás. Dutra era capaz disso e de outras coisas, um sujeito inteligente. Não esperava que a filha chamasse Lígia; essa moça era famosa no Tatuapé desde o caso Antônio Machado.

Lígia era um perdigueiro legítimo. Seguia o rastro até o final. Certamente ela descobrira os assassinos e, pronto, estava explicado! Lígia convencera o velho Garcia a acionar a Federal da Bahia.

Pistoleiros presos com alarde, imprensa ligada, Garcia oferece ao amigo Abdala, aqui, o caso resolvido em parte...

Falta o mandante do crime aparecer nas manchetes dos telejornais, mas isso eu, Jorge Abdala, garantirei, por Alá!"

Mais feliz com os esclarecimentos, Abdala pediu à secretária que providenciasse as passagens para Salvador. O caso vinha em um bom momento para o delegado Jorge Abdala. A aposentadoria se aproximava, e o policial pretendia uma vaga na Câmara Federal. A presença nos meios de comunicação, no papel de "xerife", atrairia votos, muitos votos.

O velho delegado pensou um pouco:

— Dona Marlene, ligue para o Dutra, da construtora.

— Alô, doutor Dutra, como vai? Bem, obrigado. Há algum tempo o senhor me pediu que procurasse um rapaz, isso mesmo, Maurício Fontes. Infelizmente não tenho boas notícias, é verdade, prendemos dois sujeitos na Bahia que parecem ser os assassinos do rapaz. Eu sei, é terrível, eu mesmo vou buscá-los em Salvador. Não, foi em Arataca, uma pequena cidade da zona do cacau. Uma tragédia, um rapaz tão moço. Apareço sim. Principalmente depois da aposentadoria. Será um prazer. Um abraço, recomendações à família.

Tomando um café, Jorge Abdala pensou: "Gastei pouco e fiquei bem".

Quando Lígia chegou ao aeroporto na manhã seguinte, encontrou um recado do delegado Garcia:

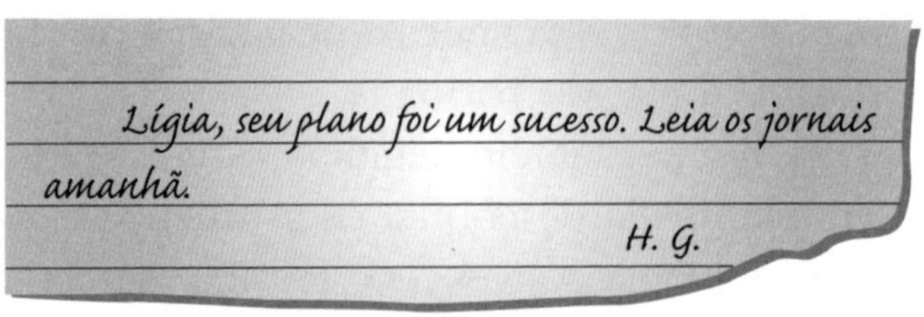
Lígia, seu plano foi um sucesso. Leia os jornais amanhã.

H. G.

Lígia ainda não sabia se fora o casal o mandante do crime, apenas Valéria ou o próprio Dutra.

Lígia não receberia nenhum louvor pela vitória. Certamente o delegado encarregado inventaria uma boa história destacando o esforço dele em descobrir o culpado pela morte de Maurício Fontes. Ninguém saberia que ela resolvera o caso e o entregara de bandeja. Nem era a primeira vez que isso acontecia; não tinha importância, valia a consciência de gerar justiça.

Lembrou-se de Audrey. Pobre garota! Como se sentiria ao saber que os pais mataram "o homem da vida dela"?

Lembrou-se, então, de Adriano: "Seria ele o homem da minha vida?".

Desceu rápido, o voo da Espanha chegara.

21

Quando estudava no colegial, Lígia visitara uma fábrica de bebidas. Recordava uma imagem curiosa: todas as máquinas paradas até os operários entrarem no salão, quando, uma depois da outra, funcionavam, enchendo o lugar com um barulho insuportável. No fim da linha de produção apareciam as garrafas fechadas, uma atrás da outra, sem parar, sempre no mesmo ritmo.

Essa recordação apareceu na mente de Lígia a partir do telefonema do delegado Garcia.

No telejornal do início da noite, uma das manchetes fora: "Presos na Bahia pistoleiros que agiam em São Paulo".

Vídeo: Aeroporto Luís Eduardo Magalhães. Fila de pessoas embarcando num avião de passageiros.

Locutor: A Polícia Federal prendeu em Arataca, no sul da Bahia, dois acusados de serem matadores de aluguel agindo na capital paulista.

Cevivaldo Sousa e Severino de Jesus Silva chamaram a atenção das autoridades quando adquiriram terras no município de Arataca. A origem do dinheiro era desconhecida.

A polícia paulista requisitou os dois suspeitos e enviou um delegado, Jorge Abdala, para trazer os presos para São Paulo.

Comentário do âncora do telejornal: Fico muito triste quando uma pessoa mata outra, principalmente por dinheiro.

A profissão de pistoleiro é até muito respeitada em algumas regiões do nosso país, mas cabe uma pergunta: quem teria contratado esses dois para matar? Os mandantes do crime serão descobertos e punidos?

O helicóptero voava exatamente sobre o Rio Tietê.

Passou pela sede do Corinthians e sobre a mancha verde do Parque do Piqueri. Voou à esquerda.

Olhando para baixo, o repórter Ricardo Lopes avistava prédios, casas, ruas e veículos. Ricardo sonhava com um programa de televisão próprio, em que entrevistasse pessoas comuns que nunca aparecem falando na televisão.

Mas, agora, Ricardo Lopes tinha uma missão mais urgente: recebera um sinal em áudio para que entrasse direto no ar.

Estavam sobrevoando o bairro do Tatuapé, nas proximidades da Praça Silvio Romero.

— Estamos aqui onde as autoridades policiais buscam, nos alicerces de um prédio em construção, o cadáver de Maurício Fontes, assassinado pelos guardas da obra: Cevivaldo Sousa e Severino de Jesus Silva, que já confessaram o crime.

A câmera mostrou várias viaturas policiais estacionadas e um imenso buraco que seria destinado à garagem do edifício em construção, onde um grupo de homens rodeava um pilar. A câmera se aproximou e os telespectadores puderam ver policiais no local. O helicóptero ficou alguns instantes parado no ar passando a mesma imagem.

Ricardo Lopes reassumiu:

— Aqui, os trabalhos prosseguirão até que o cadáver seja encontrado. Vamos informar sobre o trânsito: congestionamento na Radial motivado por um acidente envolvendo um táxi e um motoqueiro.

A câmera aproximou a imagem de um homem deitado no asfalto sendo atendido pelos paramédicos e a viatura vermelha do resgate.

— Por hora é só. Ricardo Lopes para o Notícias do Meio-dia.

A notícia:

IMPOSSÍVEL RESGATAR O CORPO DE MAURÍCIO FONTES

O engenheiro Roberval Santos declarou que será impossível resgatar o corpo de Maurício Fontes escondido nas fundações de um edifício em construção.

"Nesta altura", declarou o engenheiro Santos, "a pressão desfez o corpo; além disso, a demolição de uma das colunas do prédio também destruiria o cadáver".

O engenheiro Roberval trabalhou na construção da Rodovia dos Imigrantes, onde vários operários que caíram nas fundações lá ficaram sepultados. Há até uma lápide com o nome das vítimas.

Lígia se perguntou se Valéria e Armando Dutra estariam assistindo àquele telejornal.

E Audrey, que nunca mais aparecera, teria alguma ideia das próximas notícias dos jornais?

Muitas vezes, Lígia se surpreendia pensando naquela menina que lembrava um passarinho. Audrey perdera "o homem da vida dela" e a confiança nos pais. Estava nos Estados Unidos, era tudo o que Lígia sabia dela.

Então, Lígia lembrava do pai, o falecido seu Antônio Negrim; fora sempre um homem pobre, mas trabalhador.

Lígia percebia agora a grande dedicação do pai para com ela e o irmão. Seu Antônio não oferecera luxo e riqueza, mas sua própria vida. Por que sempre e sempre Lígia comparava a família Dutra com a família dela? Os Negrim eram pobres e os outros, riquíssimos. Lígia percebeu então que ela comparava as duas famílias exatamente porque as duas eram muito diferentes quanto aos valores que julgavam importantes.

No dia seguinte, não houve notícias sobre o caso, porém, ao ligar o rádio no dia posterior:

"Pistoleiros de Ilhéus confessam assassinato de rapaz no Tatuapé".

"Severino de Jesus Silva e Cevivaldo Sousa confirmaram o assassinato de Maurício Fontes quando eram vigias noturnos de uma obra no Tatuapé.

Segundo a dupla, a vítima os teria ofendido ao guardar um carro no terreno da obra.

A polícia suspeita de que Maurício Fontes era ladrão de carros, que seria parceiro de um outro ladrão preso no mês passado e que o motivo do crime seria roubo. Maurício Fontes estaria de posse do dinheiro da venda de vários carros roubados e seria este o dinheiro da compra da fazenda em Arataca."

Em rápida sequência, as notícias se sucederam:

TV MUNDO

Cena inicial: Repórter na porta da Delegacia de Homicídios.

— O delegado Jorge Abdala ouviu hoje a mãe de Maurício Fontes, a única vítima conhecida dos pistoleiros de Ilhéus. Dona Elaine Fontes declarou desconhecer a atividade criminosa do filho e afirmou que o rapaz estava desempregado.

Quando Lígia viu a reportagem, reagiu:

"Meu Deus", pensou, desesperada, "estão armando uma versão da história que livra os Dutras. Cevivaldo e Severino assumem o crime. Tudo bem. Maurício Fontes carregava muito dinheiro, produto de roubos. Fim de caso, está tudo explicado, era apenas um latrocínio: assalto à mão armada seguido de morte.

Os Dutras fornecem dinheiro aos assassinos e à família deles. Dona Elaine topa qualquer negócio, o filho está morto, mas ela está muito viva.

Acho que está na hora de agir com certa esperteza."

Lígia apanhou no armário dela uma cópia da fita de vídeo em que Valéria Dutra lhe oferecia dinheiro, foi até a agência do correio e enviou-a para o delegado Jorge Abdala. No remetente, fez uma pequena brincadeira escrevendo: Osama Bin Laden*.

A fita postada em Guarulhos transportava uma informação muito clara: "Tenho provas e boto a boca no mundo. Quem receberá a próxima cópia, doutor?".

No máximo, no dia seguinte, o pacote estaria na mesa de Abdala.

Uma estranha energia dominou Lígia, um certo orgulho. "O que vocês estão pensando, eu sou a Lígia."

---

* Osama Bin Laden: árabe saudita considerado o responsável pelos atentados aos Estados Unidos no World Trade Center e no Pentágono em 11 de setembro de 2001.

De volta ao seu posto, a policial continuou seu trabalho: apanhou uma moça ucraniana com cinco quilos de cocaína tentando embarcar para a Europa, comeu pouco, dormiu mal, passou um dia de cão preso em corrente, mas no dia seguinte alegrou-se ao ver o noticiário na televisão.

TV MUNDO — noticiário das 23h.

Tomada do bar do Nacib* em Ilhéus, o Vesúvio.

Repórter Jair Rodrigues:

— Boa noite, senhores e senhoras. Este repórter investigou a compra de terras em Arataca por parte de Severino de Jesus e Cevivaldo Sousa, os dois pistoleiros levados para São Paulo, e descobriu que o negócio foi à vista e parte do dinheiro empregado foi em dólar. A polícia paulista apurou o envolvimento dos dois pistoleiros na morte do desempregado Maurício Fontes, de vinte e um anos, suspeito de roubar automóveis na área do Metrô Tatuapé.

Foi a TV MUNDO de Ilhéus a primeira emissora a noticiar o acontecimento, num furo de reportagem de repercussão nacional.

Aproveito a ocasião para despedir-me dos meus queridos amigos de Ilhéus. A partir de amanhã trabalharei na TV MUNDO de Salvador. Boa noite.

De Ilhéus, Jair Rodrigues.

A câmera fecha no repórter, que sorri.

---

* Bar do Nacib: Nacib é personagem de Jorge Amado em *Gabriela, cravo e canela*.

22

TRECHO DO NOTICIÁRIO CRIMES DA CIDADE:

Na tela aparece um homem de meia-idade, parecido com o escritor Jorge Amado. O bigode e os grossos cabelos brancos, a expressão grave do rosto, compunham um ar de seriedade. O colarinho, impecável; a gravata italiana combinava com o paletó azul.

Na mesa, diante dele, microfones de todas as emissoras:

— Meus amigos, a Polícia de São Paulo anuncia o completo esclarecimento do assassinato de Maurício Fontes. O rapaz foi executado por Severino e Cevivaldo a mando da senhora Valéria Dutra.

— Doutor, doutor — gritavam os jornalistas.

— Calma, meus amigos, a senhora Valéria Dutra encontra-se em Lisboa, internada em uma clínica para doentes dos nervos. A justiça brasileira já solicitou a extradição dela.

— Doutor, doutor, qual foi o motivo do crime?

— Ainda não ouvimos a senhora Valéria Dutra, mas posso adiantar que Maurício Fontes mantinha um romance com...

— Valéria Dutra — gritou um repórter.

— Não — respondeu o delegado —, mas com uma pessoa da família, cujo nome preservarei pelo fato de ela ser menor.

— Doutor...

— Um instante, por favor. Neste momento em que tanto se clama pela integração da Polícia, eu gostaria de destacar que este caso foi esclarecido com a colaboração da Polícia Federal, especialmente de meu velho amigo Hélio Garcia, delegado antigo, e de uma jovem e dedicada policial, Lígia Negrim, além do delegado federal de Ilhéus, Elias Curi, que, trabalhando na CPI da Pistolagem, detiveram os assassinos na cidade de Arataca, na Bahia. Agora, meus amigos, responderei às suas perguntas.

— Dona Valéria será mesmo extraditada?

— Os advogados da família Dutra nos prometeram que assim que dona Valéria estiver em condições de viajar, voltará ao Brasil e se apresentará à Justiça.

— Doutor Abdala, o senhor sabe as razões do assassinato?

— Como já disse ainda não ouvimos a senhora Dutra.

— Mas o senhor tem alguma hipótese?

— Num caso doloroso como este, envolvendo menores, prefiro não comentar hipóteses.

Lígia via a reportagem dando saltos de alegria, andando de um lado para o outro; curtiu o doce sentimento de vitória por horas e horas.

A todo momento o telefone tocava e um amigo ou amiga dizia: — É a jovem e dedicada policial Lígia Negrim? Adriano Martins chegou com duas dúzias de rosas amarelas e uma garrafa de champanhe espanhol.

Lígia viveu momentos da mais pura alegria e só se entristeceu — e até chorou — quando, assistindo à gravação da grande reportagem, ouviu a expressão "envolvendo menores".

Durante alguns dias a repercussão do caso continuou. Pessoas a paravam na rua, no supermercado, no aeroporto. Adriano levou-a ao programa dele, onde ela mostrou que entendia de futebol. A repercussão foi tamanha que Lígia chegou até a ser convidada para posar nua, mas recusou.

O caso foi sendo esquecido pela imprensa e pela opinião pública, e Lígia voltou à sua rotina.

Vinte dias depois, Edu anunciou que Valéria Dutra desembarcava, em uma maca, de um voo que chegava de Portugal.

Lígia não a viu, retirou-se do serviço, não queria humilhar ninguém. "Acho que essa mulher já sofreu o suficiente. Não tirarei um barato com a cara dela."

Acompanhou pelos jornais o julgamento, que levou anos para se realizar. Os advogados conseguiram que Valéria aguardasse o julgamento em liberdade. Quando finalmente foram julgados, Cevivaldo e Severino receberam vinte anos de pena, e Valéria, cinco anos e quatro meses.

Na prisão, Valéria Dutra tornou-se professora das outras detentas. O dinheiro dos Dutras comprou-lhe uma cela isolada, com geladeira, um pequeno fogão, um aparelho de som e televisão. Com favores e dinheiro, Valéria formou uma guarda pessoal na prisão: pelo fato de ter dado emprego ao marido da Marta, que foi trabalhar na construtora, e por ter arrumado lugar na creche para o filho da Valdete, essas detentas protegiam a senhora Dutra.

Lígia sabia dessas informações por meio dos amigos.

"O mundo é mesmo assim", filosofava. E a vida continuava.

Lígia passou no concurso para delegada da Polícia Federal. Provas físicas e intelectuais. Depois, embarcou para Brasília de volta à Academia Federal de Polícia. Raramente lembrava de Audrey Dutra, com aquele ar de passarinho caído do ninho. Um dia, conheceu o delegado Elias, de Ilhéus, e juntos recordaram o caso, principalmente o delegado Hélio Garcia, finalmente aposentado e que agora lecionava numa academia de tiro frequentada por executivos.

O romance com Adriano Martins encaminhava-se para o casamento.

Num feriado prolongado pelo sete de setembro, Lígia tomou um avião e veio para São Paulo matar todas as saudades.

Com Anderson estudando em Barcelona e Adriano gravando em Campinas, Lígia tomou um táxi para chegar até sua casa.

Dona Cida chorou como uma criança ao ver a filha.

Comovida, Lígia entrou na velha sala e contou à mãe suas aventuras em Brasília, esquecendo as longas marchas ao sol, as duríssimas provas físicas, as noites de estudo. Depois de algum tempo, dona Cida a interrompeu:

— Filha, tem aí um recado pra você, uma pessoa deixou faz um tempão; eu expliquei que você estava em Brasília e ela deixou um telefone para você ligar quando voltasse para casa, está na gaveta.

"Quem será?", pensou Lígia. "É estranho."

A mãe voltou com um bilhete:

Doutora Lígia:
Ligue, por favor, para Edna: 2931901.

"Edna, Edna, eu não conheço nenhuma Edna", pensava Lígia, mas, curiosa, discou imediatamente.

— Alô, dona Edna, por favor?

— É ela mesma.

— Aqui é Lígia Negrim, recebi um recado seu. Não me recordo da senhora.

— Mas nós nos conhecemos. Eu trabalho para a família Dutra.

— Meu Deus, que cabeça a minha. Como vai?

— Vamos indo. Acontece que eu tenho algo para entregar para você. Quando você pode me receber?

— E a Audrey, como vai?

— Vai bem, está nos Estados Unidos e foi justamente ela que me pediu que lhe desse algo. Por isso preciso encontrá-la.

— Olha, Edna, eu acabei de chegar de Brasília...

— Serei breve. Posso ir à sua casa?

A curiosidade mordia a cabeça de Lígia.

— Pode sim, digamos, no fim da tarde, às cinco e meia.

Eram dez da manhã e Lígia até se arrependeu; a curiosidade a dominou completamente. Dona Cida, ao saber do caso, sentiu medo. "Afinal, você prendeu a patroa dela", dizia, aflita.

— Mãe, ninguém marca crimes pelo telefone.

O dia passou depressa. Lígia desfez as malas cheias de roupas sujas; na cozinha, dona Cida transformava amor em comida. Sueli apareceu para rever a amiga. Doce conversa despreocupada, fofocas, brincadeira:

— Você em Brasília e o Adriano solto em São Paulo.

— Ao contrário, Sueli, eu em Brasília numa Academia cheia dos melhores homens do país e o Adriano aqui sozinho, chorando de saudade.

Louça lavada, Lígia deitou um pouco e adormeceu. Mas logo foi acordada pela mãe:

— Filha, dona Edna está lá fora.

Edna continuava uma bela mulher, e Lígia lembrou-se de que a esposa de Armando Dutra estava na prisão enquanto Edna ainda morava na mesma cobertura.

— Boa tarde, como vai? Obrigada por me receber.

— É um prazer, dona Edna, vamos entrar. O cão não faz nada.

Edna entrou dura, músculos contraídos, sentou na ponta do sofá, coluna reta, pernas bem fechadas.

— E a Audrey, como vai?

— Vai bem, vive nos Estados Unidos, estuda Arquitetura em São Francisco.

"Ah", pensou Lígia, "nada como um 'paitrocinador'".

— Muito bem, dona Edna, em que posso ajudá-la?

— Doutora Lígia, Audrey é como uma filha para mim, a filha que Deus não me deu. Ela me pediu que entrasse em contato com a senhora e lhe desse esta carta.

Edna abriu uma bolsa imensa e entregou um envelope: À Lígia Negrim.

Demorou um pouco para abrir; pelo volume, havia dentro algumas folhas de papel, uma carta manuscrita:

Minha cara amiga Lígia:

Hesitei muito em escrever-lhe esta carta, fiz muitos rascunhos até chegar a este texto. Escrevi porque me sinto em dívida com você, não só no tocante ao dinheiro, porque nunca paguei a você o trabalho que você fez, mas também porque gostaria que entendesse certos detalhes do caso que você esclareceu praticamente sozinha contra tudo e contra todos.

Você teve comigo uma lealdade a toda prova. Eu então era uma criança e lhe pedi: "Encontre o homem da minha vida". E você o encontrou.

Pouco importa que ele repousasse na base de mais um edifício de papai: você cumpriu sua parte.

Também pouco importa que ele fosse um ladrão e também um cafetão que explorava uma infeliz garota de programa chamada Jane. Como amei um ladrão, canalha e grosseiro que me contaminou com o vírus HIV? Acho que nunca saberei. A gente ama e pronto.

Imagino que agora você entenda o gesto da minha mãe e por que desapareci do Tatuapé. Graças a Deus estou bem de saúde, tomo remédios maravilhosos e levo uma vida quase normal. Sei que posso morrer a qualquer hora, mas isso se aplica a todos os seres vivos. Rezo todas as noites para que os cientistas descubram a cura da Aids.

Quando você terminar de ler esta carta, a Edna lhe entregará dois pacotes. No primeiro, há um cordão de ouro com uma cruz de Santo André. Foi minha avó Isabel Dutra que o trouxe de Portugal, é uma joia de família; usando-a, você se tornará uma irmã para mim.

No segundo você encontrará dez mil dólares. Aceite-os, por favor. Quero que você os gaste realizando um sonho, uma viagem, enfim, desejo, de todo coração mesmo, que você transforme esse dinheiro em felicidade. Se seu sonho for conhecer a Califórnia, venha e fique um tempo aqui comigo. Enfim, realize seu sonho. O dinheiro é seu.

Você é uma mulher inteligente e certamente entenderá esta minha atitude.

Um beijo,

Audrey

Lígia chorava desesperadamente. Edna também, e dona Cida soluçava sem saber por quê. As duas mulheres se abraçaram, e Edna colocou no pescoço da policial um grosso cordão de ouro com uma cruz. Depois, entregou-lhe um pacote, que Lígia deixou sobre a mesinha de centro.

— Dona Edna, não sei o que fazer.

— Ora, minha filha, você não tem nada o que fazer, você já fez.

— E seu Armando, o que achou de tudo isso?

— Faz muito tempo que seu Armando faz tudo que Audrey quer.

— Edna, você aceitaria um café?

— Aceitaria sim, e um copo d'água também. Este encontro me emocionou demais.

Em contato com meus jovens leitores, surge sempre a inevitável pergunta: "Qual é a mensagem do seu livro?".

Respondo com sinceridade: nenhuma. E percebo que minha palavra causa espanto.

Explico-me. Todas as mensagens já foram escritas há muito tempo. Eu nunca conseguiria escrever verdades como os Dez Mandamentos.

Ao escrever, busco provocar no leitor uma reflexão; em outras palavras, lanço um desafio: pense sobre esta história, chegue a uma conclusão pessoal sobre os problemas sociais e humanos aqui apresentados. Por isso as histórias que escrevo são retorcidas, até um pouco confusas, assim solicito um leitor inteligente... E, com a graça de Deus, os tenho encontrado.

Cloder Rivas Martos

Sobre o ilustrador

Marcelo Martins desenha, como muitos, desde criança, mas nunca estudou arte. Cursava Economia na USP quando foi convidado a estagiar em uma agência de publicidade. Acabou se formando em Publicidade pela ESPM e trabalhou exclusivamente com propaganda e arte por oito anos. Durante esse período, surgiu a oportunidade de fazer histórias em quadrinhos para o exterior, e, com ela, muitas outras portas se abriram. Desde então, a arte desempenha um papel definitivo em sua vida, principalmente como forma de expressão e realização.

Os outros dois livros que Cloder Rivas Martos escreveu para a Coleção Jabuti – *Uma janela para o crime* e *Mataram nosso zagueiro* — também foram ilustrados por Marcelo Martins.

COLEÇÃO JABUTI

4 Ases & 1 Curinga
Adeus, escola ▼◆🗐☒
Amazônia
Anjos do mar – O tesouro da Ilha dos Golfinhos
Aprendendo a viver ◆⌘■
Artista na ponte num dia de chuva e neblina, O ✻★⌗
Aventura alucinante
Aventura na França
Awankana, o segredo da múmia inca ✏☆⌗
Baleias não dizem adeus ✻🕮⌗○
Bilhetinhos✪
Blog da Marina, O ⌗✏
Boa de garfo e outros contos ◆✏⌘⌗
Botão grená, O ▼✏
Braçoabraço▼⚐
Caderno de segredos ❑◎✏🕮⌗○
Carrego no peito
Carta do pirata francês, A ✏
Casa de Hans Kunst, A
Cavaleiro das palavras, O ★
Cérbero, o navio do inferno 🕮☑⌗
Charadas para qualquer Sherlock
Chico, Edu e o nono ano
Clube dos Leitores de Histórias Tristes ✏
Com o coração do outro lado do mundo ■
Contos caipiras
Da costa do ouro ▲⌗○
Da matéria dos sonhos 🕮☑⌗
De Paris, com amor ❑◎★🕮 ⌘☒⌗
Debaixo da ingazeira da praça
Delicadezas do espanto ✪
Desafio nas missões
Desafios do rebelde, Os
Desprezados F. C.
Deusa da minha rua, A 🕮⌗○
Dúvidas, segredos e descobertas
É tudo mentira
Enigma dos chimpanzés, O
Enquanto meu amor não vem ●✏⌗
Espelho maldito ▼✏⌘
Estranho doutor Pimenta, O
Eu, bruxa ✪⚐
Face oculta, A
Fantasmas ⌗
Fantasmas da rua do Canto, Os ✏
Firme como bóia ▼⌗○
Florestania – a cidadania dos povos da floresta ✏
Furo de reportagem ❑✪◎🕮⚐⌗
Futuro feito a mão
Goleiro Leleta, O ▲
Guerra das sabidas contra os atletas vagais, A ✏
Hipergame ✍🕮⌗
História de Lalo, A ⌘
Histórias do mundo que se foi ▲✏✪
Homem que não teimava, O ◎❑✪⚐○
Ilhados
Ingênuo? Nem tanto...
Jeitão da turma, O ✏○
Leão da noite estrelada, O ●❑☺ ✈🗐✏◎☑○⌗
Lelé da Cuca, detetive especial ☑✪
Lia e o sétimo ano ✏■
Liberdade virtual ✏
Lobo, lobão, lobisomem
Luana Carranca
Machado e Juca ✝▼●☞☑⌗
Mariana e o lobo Mall 🕮⌗
Márika e o oitavo ano ■
Marília, mar e ilha 🗐✎✏
Mataram nosso zagueiro
Matéria de delicadeza ✏☞⌗
Melhores dias virão
Menino e o mar, O ✏
Miguel e o sexto ano ✏
Minha querida filhinha
Mistério de Ícaro, O ✪⚐
Mistério mora ao lado, O ▼✪
Mochila, A
Motorista que contava assustadoras histórias de amor, O ▼● 🗐⌗
Muito além da imaginação
Na mesma sintonia⌗■
Na trilha do mamute ■✏☞⌗
Não se esqueçam da rosa ♠⌗
Nos passos da dança
Oh, Coração!
Passado nas mãos de Sandra, O ▼◎⌗○
Perseguição
Porta a porta ■🗐❑◎✏⌘⌗
Porta do meu coração, A ◆⚐
Primavera pop! ✪🕮⚐
Primeiro amor
Que tal passar um ano num país estrangeiro?
Quero ser belo ☑
Redes solidárias ◎▲❑✏⚐⌗
Riso da morte, O
romeu@julieta.com.br ❑🗐⌘⌗
Rua 46 ✝❑◎⌘⌗
Sabor de vitória 🗐⌗○
Saci à solta
Sardenta ☞🕮☑⌗
Se ele vier... ▲
Segredo de Estado ■☛
Sendo o que se é
Sete casos do detetive Xulé ■
Só entre nós – Abelardo e Heloísa 🗐■
Só não venha de calça branca
Sofia e outros contos
Sol é testemunha, O
Sótão da múmia, O ✪⌘
Surpresas da vida
Táli
Tanto faz
Tenemit, a flor de lótus
Tigre na caverna, O
Triângulo de fogo
Um balão caindo perto de nós
Um dia de matar! ●
Um e-mail em vermelho
Um sopro de esperança
Um trem para outro (?) mundo ✖
Uma janela para o crime
Uma trama perfeita
Vampíria
Vera Lúcia, verdade e luz ❑◆◎⌗
Viva a poesia viva ●❑◎✏🕮⌗○
Viver melhor ❑◎⌗
Vô, cadê você?
Yakima, o menino-onça ♨✍○
Zero a zero

★ Prêmio Altamente Recomendável da FNLIJ
☆ Prêmio Jabuti
✻ Prêmio "João-de-Barro" (MG)
▲ Prêmio Adolfo Aizen - UBE
✎ Premiado na Bienal Nestlé de Literatura Brasileira
☛ Premiado na França e na Espanha Finalista do Prêmio Jabuti
♨ Recomendado pela FNLIJ
✖ Fundo Municipal de Educação - Petrópolis/RJ
✪ Fundação Luís Eduardo Magalhães
● CONAE-SP
⌗ Salão Capixaba-ES
▼ Secretaria Municipal de Educação (RJ)
■ Departamento de Bibliotecas Infantojuvenis da Secretaria Municipal da Cultura de São Paulo
◆ Programa Uma Biblioteca em cada Município
❑ Programa Cantinho de Leitura (GO)
♠ Secretaria de Educação de MG/supletivo de Educação de Jovens e Adultos - Ensino Fundamental
☞ Acervo Básico da FNLIJ
✈ Selecionado pela FNLIJ para a Feira de Bolonha/96
✏ Programa Nacional do Livro Didático
🕮 Programa Bibliotecas Escolares (MG)
✍ Programa Nacional de Salas de Leitur
🗐 Programa Cantinho de Leitura (MG)
◎ Programa de Bibliotecas das Escolas Estaduais (GO)
✝ Programa Biblioteca do Ensino Médio (I
⌘ Secretaria Municipal de Educação de S Paulo
☒ Programa "Fome de Saber", da Faap (S
⚐ Secretaria de Educação e Cultura da Bah
☑ Prefeitura de Santana do Parnaíba (SP)
○ Secretaria de Educação e Cultura de Vitória